東山魁夷
ひがしやま かいい

著作权合同登记号　图字01-2017-6245

FUKEI TONO TAIWA by Kaii HIGASHIYAMA
Copyright © 1967 by Sumi HIGASHIYAMA
First published in Japan in 1967 by SHINCHOSHA Publishing Co., Ltd.
Simplified Chinese translation rights arranged with SHINCHOSHA Publishing Co., Ltd.
through Japan Foreign-Rights Centre/Bardon-Chinese Media Agency

图书在版编目（CIP）数据

和风景的对话/（日）东山魁夷著；陈德文译．—北京：人民文学出版社，2017.8
ISBN 978-7-02-013188-4

Ⅰ.①和… Ⅱ.①东…②陈… Ⅲ.①散文集—日本—现代 Ⅳ.①I313.65

中国版本图书馆CIP数据核字（2017）第191314号

出版发行　人民文学出版社	责任编辑	陈　旻
社　　址　北京市朝内大街166号	书籍设计	陶　雷
邮政编码　100705	责任印制	苏文强
网　　址　http://www.rw-cn.com		

印　　刷　三河市航远印刷有限公司
经　　销　全国新华书店等

字　　数　128千字
开　　本　680毫米×960毫米　1/16
印　　张　27.75　插页1
版　　次　2013年3月北京第1版
印　　次　2018年2月第1次印刷

书　　号　978-7-02-013188-4
定　　价　139.00元

如有印装质量问题，请与本社图书销售中心调换。
电话：010-65233595

目 录

第一章 …… 1
放眼风景
風景開眼

第二章 …… 7
在冬日的山上
冬の山上にて

第三章 …… 15
在河畔
川のほとりにて

第四章 …… 20
一条道路
ひとすじの道

第五章 …… 27
波涛
波

第六章 …… 34
东与西（一）
東と西 一

第七章 …… 43
东与西（二）
東と西 二

第八章 …… 52
东与西（三）
東と西 三

第九章 …… 65
光与影
光と影

第十章 …… 75
风景写生展
風景写生展のこと

第十一章 老师 師のこと … 79

第十二章 严酷的路 厳しい道 … 116

第十二章 回归 回帰 … 83

第十三章 红与黑 赤と黒 … 89

第十四章 冬天的东京 冬の東京 … 97

第十五章 日月四季 日月四季 … 107

第十六章 严酷的路 厳しい道 … 116

第十七章 回顾与出发 回顧と出発 … 129

第十八章 万绿新 万緑あらたなり … 135

第十九章 白夜的诱惑 白夜の誘い … 139

第二十章 森林和湖泊之国 森と湖の国にて … 149

第二十一章 北欧之旅的尾声　北の旅の終りに ……… 185

第二十二章 古都慕情　古都慕情 ……… 197

第二十三章 永恒的海　永遠の海 ……… 203

跋　あとがき ……… 210

译后记 ……… 212

風景開眼

第一章 放眼风景

以往，我不知有过多少次的旅行，今后，我还是要继续旅行下去。旅行，对于我意味着什么？是将孤独的自己置于自然之中，以便求得精神的解放、净化和奋发吗？是为了寻觅自然变化中出现的生之明证吗？

生命究竟是什么？我在某个时候来到这个世界，不久又要去另外的地方。不存在什么常住之世，常住之地，常住之家。我发现，只有流转和无常才是生的明证。

我并非靠自己的意志而生，也不是靠自己的意志而死。现在活着也似乎没有一个清醒的意志左右着生命。所以，就连画画也是如此。

我想说些什么呢？我认为，竭尽全力而诚实地生活是尊贵的，只有这个才是我生存的唯一要意。这是以上述的认识为前提的。

我的生命被造就出来，同野草一样，同路旁的小石子一样，一旦出生，我便想在这样的命运中奋力生活。要想奋力生活是颇为艰难的，但只要认识到你那被造就了的生命，总会得到一些救助。

我的生活方式就是这样，没有什么威势，这是在我固有的性格上历经众多的挫折和苦恼的结果。我从幼年到青年时期，身体多病，从一懂事的时候起，就把父母的爱和憎看成是人的宿命和造孽。我有着不流于外表的深潭般的心。我经受过思想形成时期的剧烈的动摇。兄弟的早逝。父亲家业的破产。艺术上长期而痛苦的摸索，战争的惨祸。

然而，对于我来说，也许正是在这样的遭际中才捕捉到生命的光华。我没有就此倒下去而一蹶不振，我忍耐着千辛万苦，终于生活过来了。这固然是凭靠着坚强的意志，以及由此而来的不懈地努力等积极因素，但更重要的是我对一切存在抱着肯定的态度，这种态度不知不觉形成了我精神生活的根柢。少年时代，我怀疑任何事物，对一切存在都不相信，我简直无法对待我自己。但是一种谛念在我心中扎了根，成为我生命的支柱。

我曾经花了大半年时间，站在人迹罕至的高原上，默默凝望着天色、山影，饱吮着草木的气息。那是一九三七年和一九三八年，我尚未结婚，租赁幼儿园的一间房子住着。这里是八岳高原的一隅，生长着优美的森林。我一旦找到可爱的风景，一年中连连跑来十几趟，以极大的兴趣，观看我所熟悉的一草一木随季节而变化的情形。

冬季早该过去了，而高原的春天却姗姗来迟。寒风吹着，赤岳和权现岳一片银白，威严肃穆，只有落叶松萌出些微的黄褐色来。高原上到处残留着积雪，仿佛被什么压碎了一般。奇怪的是，去年的芒草还在雪地里纤纤挺立着。

经过一个雪狂风猛的冬天，连那结实的枞树也折断了枝条，这些细弱的芒草怎么能继续挺立着呢？

春来了，一时，百草萌发。红的，黄的，粉绿的，带嫩叶的，银的，金的，汇成一曲丰富多彩的交响乐。小梨树开着素朴的白花，嗡嗡嘤嘤的蜂虻举行弦乐合奏。黄莺和布谷鸟在表演男女二重唱。这里有杜鹃花，华贵的莲华杜鹃，娇艳的满天星，清俊的野蔷薇。

雾霭流动，细雨初降，夏阳辉映，纷乱燠热的草原上牧马的脊背闪耀着光亮。骤雨，隆隆的雷鸣，晴朗的念场高原升起一架灿烂的彩虹。

蓟草长高了，松虫草开花了，天空青碧一色，飘飞着明亮的薄云。落叶松现出黄褐色，白桦透着炫目的金光，雪白的芒草穗子随风摇荡。

空中布满灰色的云朵，下雪了，一片深雪。枞树看上去黑黝黝的，雪上斑斑点点，交错着鸟兔的爪印。落叶杉林时时怕冷似的震颤着身子，将白粉般的细雪抖落下来。

不多久，春天又回来了。那些芒草在雪天本来被渐渐积聚的雪层层遮盖起来，最后完全埋入厚雪里了。等到雪化，又渐渐露出头来，就这样迎来了春天。看到这些纤细、柔弱而又安身立命的坚韧的草木，我非常感动。

那时我想，我的作品为何不够精炼圆熟呢？我的心和大自然紧密融合，我的观察并非流于表面，而是达到相当的深度了。然而，我却不能将我感觉到的东西，真切而细致地描绘出来。是因为表现技巧拙劣吗？不，还有比这更为重要的问题。

我跑着，汗水混着尘埃。脚边散落着烧毁的瓦片，尘烟飞旋。一群人穿着又脏又破的衣衫，虽说是军队，但那样子实在凄惨。战争结束的前夕，我应征加入千叶县柏树团，第二天很快转移到熊本。在那里，我们每天都要练习使用炸弹爆破战车。一天，我们去清理焚烧后的市街，归途中登临了熊本城的天守阁遗迹。

我怀着如醉如痴的心情奔跑，简直就像一个灵魂受到震撼的人，忽然陶醉起来。我刚刚看到了，看到了那生命的光辉的姿影。

站在熊本城楼眺望，隔着肥厚平原和丘陵，眼前是一派广阔的天地，远处的阿苏山隐隐约约。不过，这雄伟的景观对于我这个经常旅行的人来说，并不感到十分稀奇。那么，今天我为何会激动地流下眼泪？为什么天空那般清澄、深远，连绵的群山那样肃穆威严？为什么平原的绿色那样生机勃勃，森林的树木那样葱郁，壮观？过去，我一次又一次旅行，也许见过这般美丽的风景吧。我一定是把它当成平凡的风景一晃而过了。我为何没有把它描画下来呢？而今，我没有从事绘画的愿望，甚至没有生存的希望了。——我的心里涌现出欢喜和悔恨。

我发现那风景闪耀着光辉，是因为我再没有绘画的愿望和生存的希望了。我的心变得无比纯粹了。当我清楚地意识到死神即将临近的时刻，心中就会强烈地映出生的影像来。

我打心里热爱自然，我是强烈感受到它的生命力的，然而每当作起画来，便囿于题材的特异性以及构图、色彩和技法等新的规定，而对那些更为重要的方面，对朴素而带有根本性的令人感动的东西，对存在的生命，缺乏准确的把握能力。我把这一切都当成落后于现代的陈旧的观点加以否定。我认为只有这样才会求得新的前进。

另外，每当作画的时候，我就一心巴望作品能在展览会上取得优良的成绩。经商破了产的年老的父亲，长期卧病的母亲和弟弟，他们给我经济上带来了沉重的负担，我必须引人注目，在社会上出人头地。朋友们一个个成了画坛的宠儿，成了所谓流行画家，而今只剩我一个人了。我心情焦急，但脚步缓慢。因为我有这些想法，我的心就不能变得纯粹起来。

把当时的心情分析一下，虽然条理不很清楚，但是我确实这样对自己说过：要是万一再有机会拿起画笔——恐怕不会再有这样的时候了——我将用眼下的心情，描绘我所得到的感受。

我的汗水混着尘埃在熊本市的焦土上奔跑着，我感到我的心都凝缩在一起了。

现在想想，我走上风景画家这条道路，可以说是逐渐被逼迫的，是经受锻炼的结果。在人生的旅途中，总有一些歧路。中学毕业时我决心当画家，而且选择了日本画家这样一条道路，这是一条大的歧路。战后，我又走上了风景画家这条道路，这也是一个歧路。应当说，推动我走上这两条歧路的外在力量，远远超过我自身的意志。我与其说是自觉地生存着，毋宁说是被动地生存着。可以说我是被造就成了日本画家，也被造就成了风景画家的。那么这种力量叫什么，我也不知道。

冬の山上にて

第二章 在冬日的山上

群山显露出层层襞褶，向远方绵延而去。冬枯的山肌一片沉郁、灰黄，这种颜色本身颇叫人难以捉摸。这时，夕阳照射下来，明亮的地方呈淡红色，阴影的部分呈青紫色，交织成一幅明暗协调的微妙的画图，默默无言地屏息着。傍晚的天空没有一丝云，天地连接处融汇在淡淡的光明之中，更显得无限空阔。

我坐在阒无人迹的山顶草原上，眺望着光与影微妙的变化。我是背着挎包，抱着画板，从佐贯车站走了三个小时的山路才来到这座鹿野山的。登山时，我的挎包里塞满了野宿用的干粮和颜料盒。我的汗水淋漓的肌肤一旦接触寒冷的大气，觉得十分舒畅。除了住在山寺的禅房里之外，再也找不到旅馆。而且，当时也不通公共汽车。那是一九四六年冬天的事。

这是个壮阔的景象。山连山，谷连谷，像大海起伏的波涛，在我心中轰鸣。不管是一抹晚霞，还是静谧的天空，都显得那般安详，多情。

残照

山谷的暮影里闪现出一条道路。我独自攀登着山路，我的思绪时起时消，而今停在一个归结点上了。现在，我的心越过一道道峡谷，飞向绿意迷蒙的远山，飞向空阔无垠的天际。是否可以说，这里又成了一个新的起点呢？

我要谈谈从佐贯车站到达这里的情形。三个小时的行程，使我回忆起往昔漫长的岁月。

镇子上到处残留着连带土囤的房屋，道路穿过这里很快通向山野。镇上有一家住户，从那座灰暗的小门，可以望见煤烟熏黑的古老的房柱上的挂钟。一看见这个，一种类似乡愁的情绪紧紧抓住我的心。我仿佛看到了一位身材矮小的白发老太太，戴着眼镜，正在缝补衣裳。

我住在父母家里，这也是个带土囤的房子，位于神户市下町，靠近仓库毗连的海岸。看上去不像佐贯镇这样逼仄、难耐，柱子也没有被煤烟熏过。只有那挂钟相当古朴，家里人踩着垫脚石，旋转文字盘上的长针校正时间时，挂钟便当当地发出响声。和这钟声同样令人怀念的还有：轮船上粗大的警笛发出的低吼；小汽艇引擎的断断续续的鸣叫；还有那聚集岸边的帆船的桅杆发出的吱吱的声响。

母亲在挂钟下做针线活。她平时的衣着打扮总是整齐、干净。从门口到里间，是一带笔直的泥土地面，靠近后院有厨房和水井。厨房的屋顶一直通向二楼,站在楼上的窗口旁窥伺,可以嗅到饭菜的香味。孩子们的房间在楼上,每当闻到那股香味,过一会儿便会听到母亲的呼唤:"下来吃饭啦!"

家门口挂着一块带有黄铜鼻子的小招牌,上面写着"东山商店"。店内的泥地上堆积着漆罐、油灯、辘轳、钢丝和铁锚等物件。墙上挂着轮船和船坞的照片、各种油漆标本。台上放着帆船模型。墙角是个大金库(里面似乎只有账本一类东西)。

父亲喜欢阔气,崇尚时髦,他那纯粹的东京口音一辈子没有改变一丝一毫。父亲不会做生意,即使心绪不好,满身的穿戴也颇为考究。真是一个令人羡慕的乐天派。

我是三兄弟当中的老二,在外头是个老实温驯的少年,但心里始终藏着一处秘密,独自享受着孤寂的情趣。后来进了幼儿园和小学校,尽管范围狭小,但在同社会的联系之中,初步能够料理自己了。然而,每当独处的时候,我的性格便使我强烈地意识到一种安然和解放之感。我内心藏着秘密,一方面固然决定于我天生的性格,另外也或许因为受到父母生活的影响所致。性格的差异是双亲之间存在的一个严重的问题。我在幼年时代,看到了人们强烈的爱与憎,正因为我的外在表现诚实而讨大人喜欢,所以越发在内心里印上了深刻的影子。我认为这样的影子是拂拭不掉的。相反,我感觉它在心中正暗暗生长起来。我从小就喜欢在屋子里画画，看来，恐怕和这一点有关系。进入中学之后，我独自一人置身于山野和海滨，我感到无比的安然、舒畅。由于父亲的反对和母亲的担心，我虽然几次踌躇，但我还是选择了画家的道路……

攀登着山路，使我泛起久远的回忆，可以说我是从人生的起点上一步一步走过来的。有时中断了去路，有时又滑入歧途。既有叫人喘不过气来的陡峭的高坡，也有宽阔平坦的康庄大道。有时候，走一段幽暗阴冷的斜坡，又忽然峰回路转，阳光明媚。

当我告别父母离开神户进入东京美术学校的时候，哥哥死了；当我留学德国，到意大利和法国旅行的时候，父亲破产，自己结婚，弟弟生病，母亲生病，战争，父亲去世，疏散，应召入伍……我跨过一道道幽暗的深谷。

蓦然，云开雾散，明丽的光景浮现出来。

甲府盆地周围的群山，清晰地印在晴朗的天空。甲府市区一片焦土，我坐在由街头开往荆江的电车上，脏污的复员制服外面背着行囊。在荆江一下车，穿过桑园间的小路，就看到亲人们正站在屋檐下招手迎接。我怀着兴奋的心情疾步走去。

战争结束了，我从九州的熊本穿过战火焚烧过的座座城镇，回到母亲和妻子疏散来的这个村庄。母亲和妻子曾一度疏散到了飞驒高山区。我应征入伍后,她们又转移到岳父母的疏散点荆江,大家住在一道儿了。

我的父亲死于战争开始时高唱《军舰进行曲》的那个年代。弟弟患肺结核,从一个疗养所转到另一个疗养所,战争行将结束的时候,他住在富山县古里疗养所,因此家里只剩下母亲、妻子和我三个人。我学习绘画尚未被画坛承认,就参加了战争,眼下复员回来,想想将来的前途,依然心情黯淡。但是,战争总算结束了,我可以和阔别的亲人住到一块儿了。我又可以自由画画了,我为这一天的到来欣喜若狂。于是,我在村庄附近开始写生了。

这当儿,我发现母亲的身体愈加羸弱,最初来诊治的一位青年医生说,这是普通的胃肠炎。可是,病情着实有些怪,只好再请另外的医生。这位老大夫把我叫到隔壁房间,明确地宣告道,已经没有救了。我当时听他这么说,反觉得是自然的事。不一会儿,我被巨大的哀痛和悔恨征服了,一时坐立不安起来。

过了两周,母亲死了。这个时期,我和妻子精心照料病人,弄得疲惫不堪。弟弟在交通极端不便的情况下,不顾一切赶来,当时母亲还保有最后一点朦胧的意识,总算幸运。

战后第二年的二月，举办了首届"日展"①，我来到千叶县市川市，决定画一些送展，我以为我是尽了全力来画的。然而这种场合的作品，容易陷入盲目的梦想之中。公布入选作品那天，我请求进入美术馆看了入选名单，一看才知道没有自己的名字。接着又逐个仔细地看了一遍，弄清楚自己确实名落孙山之后，这才拖着沉重的步子走出了美术馆。我神情沮丧地回到家中，等待我的是弟弟病危的通知。

我来到富山附近的古里疗养所，只见弟弟面颊潮红，声音喑哑，说话几乎叫人听不见，但又不像是快要死去的人。他的喉头结核很严重，到了无可救药的地步了。我坐在弟弟身旁，拿出带来的纸张，给他画了好几幅画。我所能做的就只有这个了。他叫我画一幅马利亚的像，我随便画了一幅看来像是圣母的画，弟弟说，倒像个花园。不到一星期，他就死了。

不久，收纳母亲遗骨的墓穴里又增添了弟弟，就这样，和我休戚与共、患难相从的亲人一个也没有了。从家庭方面来讲，只剩下我和妻子两个人了，况且，至今栖无定所。那时的我，已经堕入了深渊，但一想到再也不会沉落到哪儿去的时候，心里反而感到踏实了。我自己对自己说，今后要一步步挣

---

① "日本画展览会"的略称，下同。

脱着爬出来。

　　妻留在山梨县的疏散点上，我在市川市租了房子住着。我要重新考虑今后的生活安排和自己的艺术道路。东京也成了一片焦土，这时候开始陆续出现一些小型的简易住房。

　　在一位老朋友的介绍下，我到美军红十字俱乐部讲授日本画。我把妻子从疏散点召来，租了市川市中村先生事务所的二楼住了下来。先前只打算租住两三个月，再去找房子。可市川市很难寻到合适的，就这样，日子很快过去了。这是一个一切都很匮乏的时代，但也是我的心灵逐渐开启的时代。我开始持有这样一种态度：我迷茫而又深刻地看待自己，沉静地观察自然，然后，将我获得的微妙的感受细细描绘在画面之上。

　　就这样，如今我站在这座山头，可以望见九十九道峡谷。可以说，我是偶然到这儿来的，也可以看作是命运的安排。脚边冬季的草木，背后脱光叶子的树林，眼前不见边际的重叠的高山、峡谷，还有包裹着的天地万物，在这一瞬间都和我同命相连了。静静地互相承认各自的存在，一起生活在无常之中。这萧条的风景，这寂寞的自身，都使我感觉到内心里十分充实。

　　山山岭岭的残红一个一个消失了，傍晚的雾霭向深谷飘散。我感到一阵寒冷，便向今夜的宿地、那座老杉树耸立的寺院走去。

住在神野寺那几天，在我所看到的这一带风景里，又重合了我以往走过的甲信和上越诸山的景象，一幅雄大的构图在我脑里展开。居于中央最远处是联想中的八岳和妙高诸峰的远景，借助夕阳最后的余晖，将粗犷的构图处理得更加紧凑。光的明暗，大气的远近协调，山岭的轮廓成有规律的重叠，是构成这幅作品的要素。我通过这些所要表现的，是我当时的心灵的反映，我的执著的祈求，还有极端索寞的自然同我紧密相连的充实感。

在二楼房间里作画，由于窗户太小，画板拿不出去，只得先做好一样大小的两半，然后在房间里拼合起来，再把纸裱在上面。当时物资不足，纸张粗劣，又常常停电。有好几次，我正在涂抹天空等开阔的部分，忽然黑了，只得连忙点起蜡烛。我在作画的时候，竟然忘记了窗户的大小，等到送展时，画板抵在窗户上，拿不出去。猛醒之余，只得把画揭掉，把画板拆作两片，这才送到第三届"日展"上展出。这幅题名《残照》的作品获得特等奖，被政府买去了。这是一个契机，从此以后，我的劳动终于为社会所承认。

川のほとりにて

第三章 在河畔

河水在流动。两岸花草纷披的土堤，变成两条细细的道路，绵延着通向远方。河水在远处打了个弯儿消失了，就在那里架着一座小桥。田园的对面是一带缓缓的山岭。

我从茅野到诹访的途中，忽然被路上的风景吸引了。于是，我便乘兴画了几幅简单的速写。这些极为平凡的风景中含有什么呢？几天过去了，没想到这情景深深在我心中扎了根，化做宁静的影像，时时诱发着我的思绪，时时呼唤着我的心灵。

我想起坐在那条河堤上呆呆眺望时的情景。河水汩汩，仿佛要唤醒我往昔的记忆——这是一种亲切而活泼的声音，听着听着，就要使人入睡了，那样安谧，那样惆怅。

在山间小学校边听到的那种声音——从教室窗户里传来的整齐悦耳的读书声——还有课后操场上发出的像森林中小鸟般的喧闹——不，这是经常从山溪里传来的潺潺的水声。我坐在寂静的山谷的石头上，一直侧耳倾听着。那条河该是缓缓流过田野注入诹访湖的。河水的声音十分微细，抑或是默默无言地流淌着吧。

我如今感到，那风景在跟我说话，它是我的故乡的写照。

游子远离家乡，他的心随着源源不绝的流水，无休止地奔向青青

乡愁
郷愁

的山峦。人们所常常探求的不正是故乡这个心灵的栖息地吗？我出生在横滨的海边大道，在神户度过了少年时代。河水清澄的田园风光，本来不是我的故乡的景物，唯有那海港、船舶、红砖砌成的仓库一直埋在我的记忆里，留下了鲜明的印象。

然而，我的心灵的归宿却闪现着最普遍的故乡的形象，回荡着小学生唱的"山青水碧故乡情"的歌声。这是为什么？

海港、船舶和仓库，是我藏在心底的故乡的姿影，是追忆中的现实的风景。这些在我人生的历程中，宛如地下的泉水不断地涌出。然而，在我心灵的深处还有一个更为可感的东西，它不同于轮船和红砖，它是绿水青山的风景。后者或许更具有象征意义，更带有根本性。

当我立志做个画家的时候，我并没有想做个日本画家。我的家族之中没

有一个人是同艺术发生关系的。进入高中时代，要决定将来的道路，可是找不到一个能够具体商量的人。我阅读了文艺复兴和印象派巨匠们的传记，欣赏了载有他们的作品的美术书籍，具备了少许的西洋美术的知识。我的家乡距离京都、奈良很近，所以我能够在智积院看到当时署名"山乐笔"的隔扇画——《樱枫图》。我曾经在三月堂的月光菩萨前面久久伫立过。但是，从神户的童年时代和家乡的环境看，我自然会倾向西洋美术了。我叫家里置办了一套画具，一面阅读了技法讲座等书籍，一面进行风景写生，摆着苹果，练习素描。

父亲坚决反对我当画家，他虽说丝毫不想让孩子们继承船具商店的产业，但他也许以为画家不算正派人，或者害怕我会步入另一个世界，同自己越发疏远开来。不过，父亲不得已还是接受了我的愿望，他说学习日本画倒还可以。我东京的朋友中间有一位收集了好多书画，我父亲找他商量我的事，最后得出这样的结果。这位朋友对父亲说，除了日本画，别的画绝对不行。也许因为他自己就是一个日本画爱好者吧。

我作过石膏浮雕的素描，神户没有研究所，我只能在放学之后到学校图画教室照着实物描绘。我还买了两三座小型雕像放在自己家里练习。对于西洋画，我接受起来觉得轻松愉快，现在一下子转为日本画，简直如入五里雾中。

然而，父亲那样执意反对我当画家，后来作了让步，我想，管它日本画什么的，只要能进入美术学校学习就算好。就这样，我闯进了日本画的世界。

现在回想起来，虽说是少年时代的往事，但一直尽心于西洋美术的我，能够转到日本画方面来，并非轻而易举。比起油画来，也许我自身潜藏着更适合于学习日本画的素质，不正是这种深深蕴蓄在心灵的东西促成了我的转变吗？尽管我当时尚未意识到这一点。

美校日本画专业的升学考试，第一天是油菜花写生，第二天是两个蛤蜊。录取标准是出人意料的，后来我才知道，那时正值主任教授结城素明①先生从海外归来的第二年，据说他采取了如下的方针：鉴于日本画的技法要在学习中才能掌握，所以只要具有一定的素描能力就可以录取。

就这样，我进入了美校日本画专业。毕业后不久，我又到欧洲留学两年，对于一个日本画家来说，这是难得的经历，但从我自身考虑又是很自然的。青年时代的我，被西洋艺术震慑了，然而，我总是极力调整着我的情绪，我带着对日本画的深沉的挚爱回国了。

在我漫游的旅途上，我心灵深处这两个故乡的姿影，是怎样地交织、融

---

① 结城素明（1875—1957），明治、昭和时期活跃的日本画家。日本艺术院会员。

合成一体的啊！如今，在这战后荒寂的景象里，这河流的风景作为我心灵的故乡的象征，不正在向我静静地窃窃絮语吗？

  我决定将这风景绘制下来，画完小型样稿之后，便积极准备使它作为展品参加第四届"日展"（一九四九年）。我怕这幅画流于感伤，所以进行认真而细致的写生。我还把大幅的草图带到现场去实地描绘。但是，绘制的时候由于一层一层涂抹过细，看上去，那条河流在青一色的模糊的风景里只露出些微的灰白色。我以《乡愁》为画题送去展览。打这年开始，我取得了免鉴定送展的资格。

ひとすじの道

第四章 一条道路

一条道路，在我的心中。

夏天早晨的野外的道路。

我看到青森县种差海岸牧场的写生画的时候，这条道路便浮现在我的眼前。

这幅牧场的写生画里，正面的丘陵上可以看到一座灯塔。我想，要是除去栅栏，马群和灯塔，就只画一条道路怎么样呢？——自从有了这个念头，一条道路的影像始终不离我的心头。

光用道路构成画面行吗？我有些不安。但是，除了道路，我再不想添加别的景物。这不是现实里的道路的风景，我想画出象征世界中的道路。我想画的虽然不是某一个地方的道路，但考虑到各种条件，我依然从种差牧场着手构思。我认为那里还算齐备些。不过，我的那幅牧场写生是战前画的，相去十多年了，时至今日，那些道路依旧一成不变地存在着吗？我不由担心起来。

跑一趟也是徒劳，看来，不必受到这条道路的约束。一九五〇年，那时出外旅行的条件尚不能说很好，不过我并非记挂这一点。当那最初触发创作欲望的现实的风景完全改变的时候，心中刚刚形成的道路的影像会不会淡薄呢？我对此放心不下。

路道 3

尽管如此，我还是想去看一看。当时东北本线因遭水灾而不通，我乘奥羽线火车绕道青森抵达八户。

到了种差海岸，只见那条荒凉的道路，穿过一切如旧的牧场通向竖立着灯塔的山丘，缓缓地绵延着。

"还是该来呀。"我自言自语，伫立在那儿。

草地向海面倾斜着，道路两旁杂草丛生，笔直而和缓地向上伸展，接着向右方微微转弯，便从视野中消失了。遥远的丘陵后面有一条横线，看来那是路的延长。

然而，这条现实中的路和我心中浮起的十几年前那条画面上的路，相去甚远。作为总体的构图，这丘陵和这道路相配合是可以的，但眼前的这条路，在夏日的阳光曝晒下，土地干涸，野草枯萎了。路面泥土所具有的沉寂的情感，两旁草木和四周环境细腻的韵味，所有这些都消失了。对面的山丘以前呈现出一条柔和的轮廓线，如今山头的岩石已经裸露了。这是十年风雪洗刷的结果吗？战后破败的残迹，从陆奥边陲的牧场的道路上也显现出来了。

我想绘制一条温馨莹润的道路。我说明了来意，便在牧场借住下来。一大早，太阳尚未升起，就对着道路开始写生了。回到市川以后，每天早晨依然到附近河堤的道路上散步，观望朝露瀼瀼的草木和土色，权作参考。就这样，我为创作《路》积极进行准备。

路有两种：回顾已经走过来的路；展望今后即将走的路。我想画的是今后将要走的路。当面对着和缓的上坡路时，我们就会产生即将跨越那里的念头；与此相反，当俯视着下坡路时，我们往往会觉得在回顾刚走过来的路。

当我绘制这幅《路》的画面时，既想到即将要走的路，也当成是已经跨越的路。这是绝望和希望交织的路。它既是遍历归来的路，又是重登旅程的路。它是对未来满怀憧憬的路，又是对过去诱发乡愁的路，然而，我把远山的天空处理得明亮些，使远方的路微微向右升起，消失于画面之外，因此增强了这是一条即将攀登的道路的感觉。

将人生比做道路，这是极平凡的。但是芭蕉[①]把他那不朽的游记题为《奥州小道》。这固然因为文中有对奥州山野的描写，它既是现实中道路的名称，又意味着奥州地方众多细小的路径。这些都是边鄙地区的小路。然而，芭蕉之所以选择这样一个标题，可以说是将其作为旅途中的自己的姿影，象征着芭蕉的人生观和芭蕉的艺术观。我也时常旅行，我觉得旅行就是人生，就是

---

① 松尾芭蕉(1644—1694)，日本江户前期著名俳句诗人。

艺术，作为遍历的象征的道路，化成鲜明的形象，深深铭刻在我的心中。

我也走过各种道路。

早春山丘的路。新绿荡漾的麦田，呈现一条条白色的纹路。桑园里的桑树尚未发芽。遥远的群峰，白雪晶莹。碧玉般的天空，飘浮着轻云。

沿着溪流连接着几座寂寞的山村，杉树的影子散落在古道上。茸着石板的屋顶。昏暗的房屋里的蚕棚。织机的梭音。

走进森林深处，道路铺着山毛榉和枹树的落叶。脚踩落叶松松软软的，发出轻微的响声。这里，就在这里，白桦树傲岸挺拔，林木深处枫叶鲜丽似火。

雪国的路。净拣被人踩得结实的路径走着。雪橇来了。为了躲避它而闪向一边，一个踉跄踏进深雪之中。少女的头巾耀人眼目。

檐下清流潺潺。古朴的小镇。格子窗下排放着花盆。明丽的晚霞，映照着板壁剥落的储藏室。短幔。古老的招牌。

都市雨湿的柏油路。橱窗里的华灯，灯光渗进了路面。地下酒吧腾起爵士乐的旋律。人们倦怠的面容。寂寞。

学生帽上写有又新又美文字的徽章。从莺谷车站踏着樱花，经过博物馆旁，走在通向学校的道路上。

秋夜。美术馆的墙壁上贴出了中选者的名单。黑暗中人声如潮。初次中选，满心喜悦，为了给神户的父母打电报，脚步轻捷地在道路上奔跑。这是由公园通往坡下邮局的道路。

一个骑驴老人沿城墙根走来。石桥下边，村女们一边用棍棒捶打衣服，一边洗涤。街道上的白杨在风中摇曳。这是热河省承德的道路。

罗马郊外的亚壁古道①。废墟，云杉和伞松。保罗望见基督幻影的道路。夏云。远雷。

古老的装饰着墙板的房屋，城门钟楼的尖塔上擎着鹳鸟的巢。广场上的泉水。马车通过暮霭沉沉的石板道，马蹄下火花迸射。这是拜恩州的古城。

从品川车站穿过灯火管制的黑暗的街道，到区公所领取应征通知书。走在雨后的道路上。

灼热的瓦砾，断落的电线，倒毙的马匹。黑烟。日蚀般的太阳。空袭下的熊本的街道。

拖着母亲的灵车走在荆泽的道路上。风猛烈地吹着，初雪闪亮的富士山，浮现在澄碧的天空。

道路的回忆是无尽的。今后还要攀登怎样的道路呢？舒伯特的歌曲集《冬

---

① 古罗马时期一条著名的古道。

之旅》①是根据缪勒②的诗创作的,全篇描写了一个旅人在冬日的道路上踽踽独行的身影,咏唱着人生的寂寥。那首有名的《菩提树》是一首乡愁之歌,通过一系列诗句,表现游子在冬天的旅行中,回忆起城门泉边菩提树叶子下面有一个令人消魂的场所。另一首《路标》,描述了徘徊旷野的旅人一见到路标就想起这条任何人都无法生还的道路。最后,旅人来到"旅馆",这是坟墓。"旅馆"的标记是送葬的蓝色的花朵,他想在这冰冷的卧床上休息一下疲惫的身体。然而他遭到旅馆老板的拒绝,于是继续徘徊。这是一条令人绝望的冬日的道路。我经过冬日的道路,好容易踏上缀满朝霞的初夏草原的道路。

那年秋天,我把《路》送到第六届"日展"上展出。纵长的画面,中央是一条灰黄的路,左右的田野和山丘一片青绿,天空狭长,呈现蓝色。我考虑了这三种颜色在分量上的比重。作为展品,这是一个很小的画面,但如果再放大开来,画面就会失掉紧凑感。我想,使这种小巧的画面得以充实,对这种画来说还是必要的。

经过孜孜不倦的圆满而细致的制作,终于完成了。

① 奥地利作曲家舒伯特(Franz Schubert,1797—1828)创作于十九世纪二十年代的声乐套曲。

② 威廉·缪勒(Wilhelm Müller,1794—1827),德国后期浪漫派诗人。

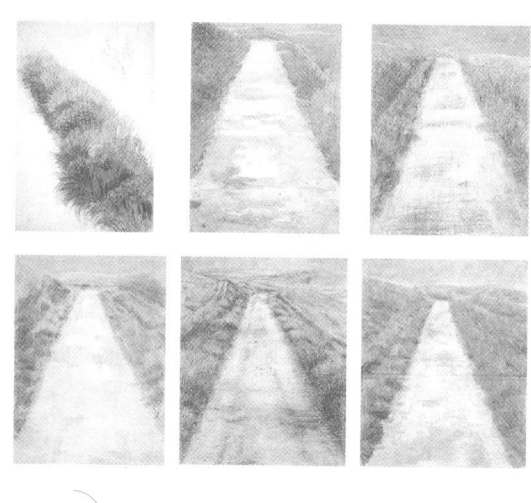

4

这年,我首次成为"日展"的审查员。这幅《路》的展出,受到众多人的好评,获得画坛和社会的承认。

人生的旅程中有许多歧路,比起自身的意志来,我受到更大的外力的左右,这一点,我在本书的开篇中已经说过了。这种情况至今未曾改变。正因为我心中孕育着这种意志,要攀登这条道路,所以我才完成了这样的作品。不是吗?可以说,它在我心中的地位,它的方向是早已定型了的。然而,这条路既不是被光明炽烈的太阳映照的路,也不是被阴惨的暗影包裹的路。这是一条在熹微的晨光里恬静呼吸着的坦坦荡荡的永生的路。

第五章 波涛

人们说，在人的一生中，要受到许多次波涛的冲击。是的，战时的狂澜袭上我们的头顶，人人在动荡中艰难地生活着，许多人沉到水底去了。人们活着，或许就像在波涛中漂流一般，大浪、小浪，时刻向你扑打过来。

战后经过五年，我又发现自己在波涛中漂流。这种波涛是和战争前的悲惨的波涛迥然相异的。不过，我自己也是一个相当大的波涛。有时，这波涛具有使我沉溺的危险。

绘制《路》这幅作品，对我来说，是一件具有重大意义的事。我感到心中仿佛被过去的乡愁牵系着，正要举步迈向未来。这条道路正是今后即将攀登的路，它代表着生命的意志。我认为，两年前，所作的河川绿色风景《乡愁》，同这幅《路》之间，有着一条相连的线。

尽管我的脚步总是拖曳着乡愁的影子，但这幅作品里却表现了绘画造型的意愿。这种尝试，已经在战前绘制的题为《自然与形象》的三部曲中初露端倪，不过那时还没有变得浑然一体起来。

《路》是一幅着重表达纯粹的心境的作品。现在回头看看这幅作品，我自己也有应该反省的地方。当我在租借的小房子的二楼上绘制这幅作品的时候，要达到"纯粹"二字是毫不作难的。为什么呢？我在开头一文里已经说过，那时我尚保存着一幅极为纯粹的心境，我的四周，我的生活，大体都处在这条延长线上。

从我绘制《路》前后起，我的内心和我的身边都发生了变化。我的周围波涛翻滚，汹涌澎湃。我继续为之提供展品的"日展"，于一九四八年，它所属的日本画部里的中坚优秀分子一举离去，成立了"创造美术"这个团体。一九四九年的第四届"日展"，曾一时提出过休止案，但在文化部主持下，在日本艺术院和"日展"运营会的共同举办下，终于开幕了。一九五〇年是爆发朝鲜战争的一年。

就这样，在动摇的局势里，我扎扎实实、一步一步走着自己的路。对于社会形势的变化，对于画坛和展览会，我有自己的看法，但经历了那场战争前的动荡的时代，一想到现在可以作画，我便感到十分充实。

我现在应当干些什么呢？或者说，我不干点什么就不成呢？当我这样自问的时候，我只能作出如下的回答：我要冷静地看待自己，冷静地看待自己的工作。我对展览会寄予的希望是，在会场上的墙壁上能够继续保留一块展示自己艺术作品的单独的场地。

当我考虑自己和展览会、自己和画坛、自己和社会这种个人和集团的关系的时候，我便认为命运赋予我的课题就是使自己在同这些集团的联系中生存下去，守卫着这个最为孤独的场地。

如果我在集团中处在负有责任的地位，对于展览会的筹划和举办当然就成为摆在面前的重要问题。不过，我刚刚当上一名审查员，对于这一点，尚未进行深入的考虑。我只是暗暗思忖，花费一两个月的工夫，用心血浇灌的作品，在一刹那间就决定其是否中选，这是可能的吗？说也奇怪，应征作品一放到我们眼前，立即就能感到它的优劣。我不是看到审查主任先有个"举手"的信号才举手或不举手，而是我眼前的作品本身在命令我这样做。优秀的作品自然会使我举手，凡是决定落选的，总是反反复复，斟酌再三，然后才逐渐拷定下来。审查时固然弄得身心交瘁，但我以为，认真审视作品则是很好的学习。

正像人类社会不可能有绝对的公平一样，我认为在展览会这个人的集合体中也不可能有绝对的公平。然而，艺术的世界至为严峻，不是凭借实力而获得的褒奖，随着岁月的过去，或许不过一年就会消失殆尽。相反，具有实力的画家，假若每年都能提供优秀的作品，不管机运如何，我确信他必然为人们所承认。条件恶劣的环境固然无利于艺术的进展，但也不能想象，只有生活在万事如意的理想情况下才适宜于艺术的深化。对于艺术家来说，最重要的是个人的精神气质。

朝鲜的动乱变成一个可怕的阴影笼罩着日本。远东的和平破坏了，我们也许不得不再次卷入战火之中。但是，现在总可以从事绘画。在那座高山的疏散点，为了不连累四周的邻居，我曾在格子门上打个洞进行风景写生，这件事仿佛就在眼前。想起应征到熊本被迫演习冲击战车的情景，便觉得有时间搞搞绘画该是多么难得，哪怕一年、一个月、一天也好。从事艺术是一辈子的事，将来怎样先不去管它，但我以为，要紧抓住眼下短暂而充实的一天。

当时"创造美术"里有许多人是我的朋友和知己，他们有的对我不加入这个团体觉得奇怪。"创造美术"成立时，其中好多会员与其说是我的朋友，毋宁说是我的先辈。一九四七年的"日展"上，我的作品刚刚获得特等奖，关于这个团体的成立，没有任何人同我商谈过，我还没有取得这样的资格。团体成立后，在一个展览会的会场上，我碰到了山本丘人先生。山本先生对我说：

"关于'创造美术'的事想跟你谈谈，不过我不善谈吐，请你去找吉冈坚二君了解一下吧。"

我当时的心境上面已经说过，根本不打算退出"日展"而去参加"创造美术"。山本先生没有再说什么，吉冈先生此后也没有什么消息，就这样不了了之。

一九五〇年，成立了"六窗会"，举办了团体展览。这是一九三一年（昭和六年）由美校毕业的同窗学友结合而成的。日本画方面有桥本明治、加藤荣三、山田申吾和我四个人；油画方面有佐藤敬、须田寿、伊势正义、大贯松三；雕刻方面有黑田嘉治、大须贺力、长沼孝三、野野村一男；工艺美术方面有内藤四郎；建筑方面有吉村顺三等成员。大家虽然各自隶属于"日展""创造美术""新制作"等社团，但都是同届毕业生，年龄亦相仿，思想和感触具有共同性。当初经过战争而幸存下来，各人的艺术活动渐趋活跃，正在这当儿，大家阔别已久，召开了同窗会，商量的结果，决定举办团体展览。因为大家来自各个部门，要办好展览，需要每人各自从本专业的立场出发，就相互的联系加以研究，以发表作品为主要目的。会场设在日本桥高岛屋的画廊上，根据上述目的自由布置，连续展出。

展览会场光线幽暗，每幅展品都有显示灯照射，这在今天已不新鲜，可在当时却有人严厉批评说，这是一次被严密监视的展览会。有时采取不镶嵌镜框的展览形式，不过，考虑到画面和新建筑物墙壁之间的结合关系，有时也把日本画装裱成立轴展出。

这样的尝试，在今后建筑空间和美术的关系方面，使我们学到许多宝贵的东西。站在日本画的立场考虑，就是处在时世的迅速变化之中如何求生存的问题。

一九五一年，由山本丘人、杉山宁、森田沙伊、桥本明治、加藤荣三和我六人组成了"樱井兼素洞之未更会"（高山辰雄和山田申吾两位后来加入本会）。这年岁末，高岛屋主办的"芝英会"开张了，其面目颇似"未更会"。这两个团体的成员都是毕业年限相近的美校毕业生。"未更会"是川合玉堂先生起的名称，含有"美校"的意思。①一九五二年三越商店举办的"青羊会"都是结城素明先生命名的。当时其他的商业性画展也频繁起来，我也不知何时加入所谓流行画家的行列。大大小小的展览会一个接着一个，成天价画了又画，开始过着没有片刻闲暇的生活。

这确实是个巨大的波涛。日本画从旧有的壁龛里解放出来，开始由挂轴形式向镶额形式过渡。时代要求日本画要有新的突破。随着战后经济的膨胀，产生了一股潮流，这股潮流包裹着我，把我卷入了漩涡的中央。

我周围的沉静气氛骤然变得热闹起来，仿佛一个正在林中小径悄悄漫步的人，猛地被簇拥着来到明亮的广场上的人群之中，使我茫然失措起来。我对这种变化既不反抗，也不欢迎。只是像屡次迎接着失意的命运一般，我自

---

① 日文中的"未更"和"美校"发音相近。

有我的对策。

少年时代，我在须磨的海面上游泳，曾经被巨浪卷走过。我一时感到恐怖，不知如何是好。身子处在这种狂涛中，只好服服帖帖，任其漂流。不料，脑袋蓦然露出了水面。这并非因为我沉着冷静，我当时一筹莫展，毫无办法。那时候，我如果奋力挣扎，说不定反而会被淹死。

每逢看到有人在浪尖上愉快滑行，我并不怎么羡慕，因为我自己做不到这一点。但是，我也不愿意被浪涛卷走之后，因疲劳挣扎而溺死。我觉得这波涛是危险的，然而想想我的现实处境，除了在这种波涛中生活下去别无出路。我没有办法逃脱。这就是我的道路。置身于这种环境，我只能尽力把事情办好。我觉得我没有放松自己。

就这样，我为画坛、为社会所承认，这和几年前是多么的不同！然而我的父母兄弟都不在了，没有一个人会为我大大高兴一番了。从我的作品初次获得特等奖时，他们就都不在了。我的家庭没有孩子，只有我和妻子两个人。而且依然在别人楼上的两间房子里继续过着寓居的生活。一种人生无常之感在我心中深深扎下了根，我认识到了艺术的严酷。与此同时，我感到正是这种寂寞、简素的生活环境，多少拯救了我，使我在突然袭来的波涛中摆脱了失掉自己的危险，尽管人们管这种波涛叫做幸运之波……

東と西 Ⅰ

第六章 东与西（一）

船在静静的海面上滑行前进。岛屿掩映在绿树丛里，一层层梯田从海岸一直延伸到山巅。小小村庄的人家点缀着，仿佛融进自然之中了。

"这是一幅青绿风景画！"我想。"多么可爱，多么优美，多么玲珑、紧凑！"

一九三五年的秋天，我结束了两年的旅欧生活，离开了那不勒斯。经过一个月的航行，轮船驶入濑户内海。于是，我感到这种日本式的风景是多么令人珍爱。

天空晴朗，海水青碧。然而，这不是地中海所呈现的那种亮蓝色，它具有日本画中浅绿和碧青的色感。蓊郁的松树遮蔽着花岗岩的海岛，看起来好似涂上了浓厚的青绿色。空气爽净，甜润，我心中充满了安适和亲切之感。

看到这样美丽的风景，心中充满了回归日本的感慨、缅怀和喜悦；与此同时，又觉得有些不满足，仿佛还有一种东西尚未融贯我的全身。也许我当时还不具备这样的慧眼，看不出日本风景特有的妙处。对于日本固有的美产生倾慕之心是很久以后的事。

"您终于回到日本啦。"一个船员对我说。

"多么美丽的风光，简直令人沉醉。"我说。

"哪里哪里，什么沉醉，别开玩笑啦。对我们来说，这里是鬼门关。别看它表面平静，可有许多地方通道狭窄，水流湍急，在这里航行，精神时时刻刻都处于紧张状态。"

这平平稳稳的海面，底下果真有暗流和漩涡吗？

"现在船到哪里了？"

"盐饱诸岛。"他回答。

盐饱诸岛的柜石岛是我家祖祖辈辈生息的地方。这一带岛屿自古就是濑户内海的海运中心地。岛上的豪族拥有强大的水军，从平安时代起，历史上多次向外征伐，有时成为骚扰朝鲜和中国沿海的倭寇。到了江户时代，这里的造船和漕运业很发达，人们依然靠大海谋求生计。

我的祖父在风云激荡的维新时代离开海岛，到了江户，他得到榎本武扬的知遇，明治以后在品川经办船运事业，听说生意十分兴隆。祖母是品川人。父亲生在筑地，在品川长大，后来在横滨做了船具商，和从丰桥老家来的母亲结了婚。母亲娘家靠生产引火用的火绒为生，后来普遍用了火柴，家业就衰落了。父亲遇事就同母亲闹对立，母亲总是忍耐着，不然，他俩是无法一道生活下来的。

我为什么从欧洲一回国就会联想起自己很久以前的家谱来呢？这是因为我

心目中正想考虑一下"东"与"西"这个问题。战后，美国和欧洲文化大量流入，从一九五一年开始，接连举办了一些艺术大师的大规模画展，有马蒂斯①展，毕加索②展，布拉克③展。现代美术领域里的国际交流也频繁起来，或者参加国际展览会，或者在日本举办国际展览会（大部分是接待外来展览）。日本画的画家也应初步具有东西方艺术的知识，而且自己必须对此抱有明确的态度。

　　西洋艺术的广泛介绍，其结果促使人们将视线转移到日本传统的美和现代日本画方面来。我时常应邀参加关于现代日本画问题的座谈会。尽管在这种场合必须表明态度，但总也说不清楚。

　　我自美校毕业后不久看到了欧洲的美术，有了生活体验。作为日本画家，我走了一段较为特殊的道路。可以说，我抢先一步受到了西洋文化的洗礼；或者说我自身同西洋有着深刻的关联。战后处在西洋文化泛滥的洪流之中，我之所以没有产生动摇，就是这个缘故。

　　我自身虽然没有一个坚定的信念，但我有着这样的性格：即便听到尖锐

---

① 亨利·马蒂斯（Henri Matisse，1869—1954），法国画家，野兽派创始人。
② 巴勃罗·毕加索（Palbo Rniz Picasso，1881—1973），西班牙著名画家、雕塑家。和乔治·布拉克同为立体主义的创始者。
③ 乔治·布拉克（Georges Braque，1882—1963），法国画家，立体主义代表。

的批评或读到新鲜的绘画理论，如果不能深刻触及我的内心世界，不能切切实实结合自己的经历、环境和生活使自己心悦诚服，就不容易接受下来。因此，我对那时候的倾向、流派和新形式缺乏迅速而敏锐的反应。时光在流转，在这个过程中一直保有新鲜生命的东西是什么？这个问题对我来说最有兴趣，也最切实。我是画家，我是一个日本画家，当我反省自身的时候，终究会考虑到日本的美究竟是什么这个问题上来。

　　日本的美是什么？这本书的主题就是通过一个日本画家的独白，记述他的不断探求的历程。对于我来说，这个历程并不简单，它不正包含着现代日本社会许多共通的东西吗？关于这个问题，学者们进行了大量的研究，有着众多的理论，不过由画家本人通过自己艺术实践的深切体会加以详尽的阐述，这样的例子实属罕见。我寻常也是这么想，画家只能默默地运用自己的绘画作品加以验证。我认为感觉到的东西比思考的东西更重要。但是，我也经常搁笔沉思，这或许是想把当时漠然的思绪用恰当的语言表述出来，以便准确阐明自己的艺术志趣吧。在我尊敬的德国文学家中，有一位在自己作品的封面上画着弓箭和竖琴。作为一个画家，我没有敏锐的批评的眼光，也没有丰富的诗情，我无法单单依靠感性就能把握自己艺术的内涵。我所写的都是我深思熟虑过的事。

我曾在本书的姊妹篇《我所遍历的山河》一书中，叙述了我这个画家的经历。这回我想，谈谈作为画家的我，在探讨日本的美的过程里，我走过的路，我的经历，以及充满乡愁的世界。我尽可能通过我的理解、我的观察进行阐述。应该说，这才是本书的意义所在。

我感到赋予艺术家的环境和风土的感化，血统和民族性格的影响，是相当大的。回想起祖先生息过的土地，我身上由濑户内海的风土所培育的明朗的性格，温润的色感，都是先天存在着的因素（我对北方的倾慕毋宁说是后天才养成的）。

我出生在横滨临海的街道上，每当哭闹的时候，保姆就背我到万国桥旁边兜风儿。我的童年时代是在神户度过的，出入海港的外国轮船，洋人公馆，围着白色栅栏的庭院，里面盛开着的夹竹桃……异国的美就在我的身边，一直诱发着我内心的激情。但是，正如我在前一章所叙述的那样，我的家位于闹市狭窄的街道上，房子是古朴的商家建筑。我们从横滨迁来之后，对这里的风俗习惯并不感到特别亲切，但从这一带向西，是称做兵库的古老区域，保留着乡土文化的影子。过节时，家家张起印有家徽的帷幔，挂着灯笼。店里也收拾得干干净净，铺着毛毡，摆着屏风，这些都使我备感亲切而辄向往之。

可以说，打出生的时候起，我就成长在"东"与"西"的连接点上。对于异国风物充满了憧憬，看到富有乡土气息的东西就泛起乡愁，这就是我的命运。照我看，这也可以说是日本文化的命运。不是吗，一部日本美术史，不就是以古代外来文化的刺激为纬线，以本民族文化执著的性质为经线而织成的吗？虽然时时有颜色迥异的纬线掺杂进来，但终归会转换成同经线相调和的色调来。这样织成的绫罗锦缎，虽然不如外国的那般绚丽多彩，博大而富有魅力，但却是美的，非常美的！

前面已经说过，我是被硬拖进日本画这个世界的。中学时代，文学方面，我喜欢日本古典的，对于现代作家的作品也相当熟悉。美术方面，西洋的东西更使我感到亲切。至于音乐，我只单单倾倒于西洋音乐。奈良的古佛，尤其是三月堂的月光菩萨，中宫寺的弥勒，使得少年时代的我简直着了迷。智积院绘有樱花和枫叶的光辉绚烂的隔扇画，时刻引诱着我这个中学生。但是，在日本美术史方面，我还未曾读过一本能够鲜明地描绘画家形象的书，像米开朗基罗[1]和梵高[2]的传记那样震撼人心的著作根本见不到。有的只是讲故

---

[1] 米开朗基罗（Michelangelo，1475—1564），文艺复兴时期杰出的雕塑家、建筑师、画家和诗人。

[2] 文森特·梵高（Vincent van Gogh，1853—1890），荷兰后印象派画家。他是表现主义的先驱，并深深影响了二十世纪的艺术。

事用的名人传说和逸事。亲眼看不到西洋的名著，又怎么会亲近它呢？这是因为我还能搞到一些西洋美术的书籍，能够看到名画的复制品。作为画家，我满怀激情阅读了这些艺术家们苦恼的故事。

艺术是没有任何联系的家谱，我身边没有画家作为知己，在神户度过了少年时代，当我立志做一名画家的时候，很自然地就涉足于油画了。前面已经说过，我虽然是学日本画的，但对西洋画的倾慕之情一直留在我的心中。

一九二六年进入美术学校，一九三一年毕业。当时的教授有小堀鞆音、川合玉堂、结城素明、松冈映丘等先生，副教授有小泉胜尔先生。结城素明、松冈映丘两位先生对我的影响最大。结城先生在我入学前一年由海外回国，他站在国际视野的角度上，力图使日本画取得新的发展；而松冈先生站在古典主义的立场，决心将大和绘的技法推向前进。我们从这两位立场截然相反的导师那里，受到了热情的教导。当时的课堂上相继培养出了森田沙伊、山本丘人、桥本明治、加藤荣三、山田申吾、杉山宁、高山辰雄等一批画家。

我毕业之后，师事结城先生，学籍仍保留在研究科，并开始作旅欧的准备。那时候年纪轻轻，自以为将来还有充裕的时光。一旦决定去西洋，我便考虑到哪里为好。这不是普通的美术云游旅行，而是通过在西洋的生活，从那里重新回顾一下日本。

提到美术，似乎必然论及法国，但我一心要看的却是意大利的美术作品。我打算到一个具有比较严谨的生活方式的国家去，这样的环境其理性胜过感性。于是我想起了德国。我并不特别喜欢德国，不过在外国文学中我读的最多的是德国和俄罗斯文学。我最喜欢听的是德国音乐。因此，我便自然想到德国去。我在下决心之前没有同谁商量过。我的心中仿佛有一根磁针，我只是忠实于它所指示的方向而已。

我决心去德国之后，把这事告诉了美术学校的矢代幸雄教授。矢代先生说：

"很好，德国美术馆资料齐全，有许多优秀的学者，对研究西洋很有利。而且，由德国出发到各国旅行也很方便。你可以德国为根据地，到法国和意大利去走走。"

矢代先生还提醒我海外生活中应注意的实际问题，比如在参观美术馆时要请日本人陪伴；作为日本人不能有金钱上的借贷关系等等。

当时的校长和田英作先生说：

"德国人一开始虽然难处，一旦成了朋友，待人就热诚起来。他们是可以长期交往的国民。不过，你形单影只也够寂寞的。我在法国留学的时候，每想起我那亲密的弟弟，半夜里常流泪呢。"

"老师，我没关系的。"

"是吗？如果生病了，怎么办？"

"要是病了，即使在东京也住不下去呀。"

"好的，好的，那就大胆去吧。"先生笑了。

可是也有人为我担心，他们认为我这个搞日本画的画家，从学校一毕业就到欧洲体验生活，观看西洋美术，这是相当危险的，也是徒劳无益的。他们忠告我，不如留在国内埋头为"帝展"①创作展品，争取早日取得特等奖的资格。但是，结城先生对我旅欧的打算极为赞成，出发之前，他仔细叮嘱我在外国生活应当注意的地方。接着，他又若无其事地说。

"对啦，还有个女人的问题。德国女人亲热，实惠，开始就可以选中一个。"

他看到我沉默不语，便一个人点着头：

"她会很好照顾你，一点也不破费，这比时常去游荡来得好。"

然后他用严肃的语调说：

"但是要讲明白，交往只能限于一段时间，决不可带回国内来。"

在那之前，我从未同先生很好交谈过，这回我才深切体会到了先生像慈父般的感情。

---

① "帝国美术展览会"（1919—1935）的简称。"日本美术展览会"的前身。

東と西　II

第七章　东与西（二）

一九三三年秋，我走在柏林的大街上。两旁的菩提树和枥树的叶子大都凋落了，雾霭濡湿了柏油路面，昏暗的太阳低低地照射着。

最初租住的寓所位于诺连多夫广场的一角，外面是繁华的商业街，穿过幽静的内庭登上几段台阶，便到了谢拉特夫人的住居。第一次世界大战之中，夫人失掉了丈夫，将唯一的儿子海莫特一手抚养长大，成为优秀的青年。我的房间的窗户面向内庭，里面有床、衣柜、桌椅、盥洗间以及一切必要的用具，屋角有一个瓷器暖炉。生活费包括连同家具在内的房租，以及供给面包和咖啡的早餐费。此外，盥洗间的毛巾每周换洗一次。

我很快进入柏林大学专为外国人设立的语言课堂学习，一面参观美术馆。菩提树下大街由柏林的象征——勃兰登堡门一直向东延伸，穿过东端的宫殿桥就到了广阔的卢斯特花园。柏林大教堂同老博物馆的宽阔的石阶，以及爱奥尼柱式[①]的圆柱相对峙。老博物馆的古典艺术——伊特鲁里亚、古希腊、古罗马的美术，隔着一条街的新博物馆的埃及美术，其中第十八王朝[②]

---

①　爱奥尼柱式是希腊古典建筑的三种柱式之一。

②　所处时间大致是公元前十六世纪至公元前十三世纪（约前1575—约前1308），是古埃及历史上最强盛的王朝。

娜芙蒂蒂①的胸像色彩鲜明，犹如昨日刚刚雕成，生动地传达出三千数百年前这位美妃的面影。在这座美术馆附设的版画荟集室内，有丢勒②的素描，伦勃朗③的铜版画，波提切利④为但丁的《神曲》所作的插图。

城北有国家艺术画廊和帕加马博物馆。前者主要展出德国十九世纪的版画，后者的大厅里展出了在小亚细亚的帕加马发掘的祭坛的一部分，还镶嵌着宙斯祭坛等部分实物，然后加以复原。展出的规模相当宏大。

电车道的对面有一座凯撒·弗利德利希陈列馆，里面有基督教初期、拜占庭、罗马式、哥特式绘画，尤其汇集了从文艺复兴到巴洛克时代德国、荷兰和意大利的丰富的绘画。其中，德国的丢勒、霍尔拜因⑤、

---

① 娜芙蒂蒂（Nefertiti，公元前1370—公元前1330），埃及法老阿肯那顿的王后，传说她拥有令人惊艳的绝世美貌。

② 阿尔布雷希特·丢勒（Albrecht Dürer，1471—1528），德国中世纪末期、文艺复兴时期著名的油画家、版画家、雕塑家及艺术理论家。

③ 伦勃朗·哈尔曼松·范·莱因（Rembrandt Harmenszoon van Rijn，1606—1669），欧洲十七世纪最伟大的画家之一，也是荷兰历史上最伟大的画家。

④ 桑德罗·波提切利（Sandro Botticelli，1445—1510），欧洲文艺复兴初期佛罗伦萨画派艺术家。

⑤ 小汉斯·霍尔拜因（Hans Holbein der Jüngere，1497—1543），德国画家，欧洲北方文艺复兴时期的艺术家。

克拉纳赫①、荷兰的伦勃朗，意大利的安吉利科②、波提切利、提香③等人，其收藏品以质量华妙而著称。

　　位于菩提树下大街的太子宫就在附近，主要陈列印象派和表现派的作品。稍远处是民俗博物馆，里面陈列着施利曼④发掘特洛伊城的遗物，库车、吐鲁番、克孜尔等地的壁画。这些美术馆群不仅限于德国，而且将洋洋大观的西洋美术流派有组织地、秩序井然地陈列起来。将这些展品慢慢巡视一遍，我的头脑里初步形成了有关西洋美术的轮廓。如今，柏林在战火中化为灰烬，分裂成东西两半⑤，已经无法看到昔日的姿影，仅仅在我的脑海里留下鲜明的记忆罢了。

　　新年过后，迎来了春天，我对柏林的生活稍微习惯以后，便开始周游欧洲。我经过魏玛、耶拿、纽伦堡、路德堡、慕尼黑，来到德国南部，然后进入意大利，到了威尼斯、佛罗伦萨、锡耶纳、罗马、那不勒斯、比萨、米兰，然后又来

---

①　老卢卡斯·克拉纳赫（Lucas Cranach der Ältere，1472—1553），文艺复兴时期德国重要画家。
②　弗拉·安吉利科（Fra Angelico，1395？—1455），意大利文艺复兴时期画家。
③　提香（Tiziano Vecellio，1490—1576），意大利文艺复兴后期威尼斯画派的代表画家。
④　海因里希·施利曼（Heinrich Schliemann，1822—1890），德国著名考古学家。
⑤　指第二次世界大战之后，柏林曾被分割为东柏林和西柏林。

到瑞士的日内瓦，接着去巴黎、伦敦，经比利时于夏末时节回到柏林。

魏玛的歌德住所与森林里的花园别墅。路德堡的古老街道。慕尼黑老绘画陈列馆里的丢勒、格吕内瓦尔德①、克拉纳赫。拜仁的静寂的山湖。

威尼斯的圣马可广场②。佛罗伦萨令人激动的两个星期，对达·芬奇③、米开朗基罗、拉斐尔④、提香等文艺复兴极盛时期的大师们的无比敬仰。作为一个日本画家，我对乔托⑤、西蒙内·马尔提尼⑥、乌切罗⑦、安吉利科、弗朗切斯卡⑧、波提切利等文艺复兴初期的画家表示倾慕之感。在锡耶纳参

① 马蒂亚斯·格吕内瓦尔德（Matthias Grünewald，约1470—1528），德国文艺复兴盛期画家。

② 意大利威尼斯的中心广场。

③ 列奥纳多·达·芬奇（Leonardo da Vinci，1452—1519），意大利文艺复兴时期多项领域的博学者，他同时是建筑师、解剖学者、艺术家、工程师、数学家、发明家。

④ 拉斐尔·圣齐奥（Raffaèllo Sanzio，1483—1520），意大利画家、建筑师。与达·芬奇和米开朗基罗合称"文艺复兴艺术三杰"。

⑤ 乔托·迪·邦多纳（Giotto di Bondone，约1267—1337），意大利画家与建筑师，被认为是意大利文艺复兴时期的开创者，被誉为"西方绘画之父"。

⑥ 西蒙内·马尔提尼（Simone Martini，约1284—1344），意大利文艺复兴时期著名画家，锡耶纳画派主要代表。

⑦ 保罗·乌切罗（Paolo Uccèllo,1397—1475），意大利画家，以其艺术透视之开创性闻名。

⑧ 皮耶罗·德拉·弗朗切斯卡（Piero della Francesca，1412—1492），意大利文艺复兴初期著名画家。

观了保存完好的古老的街道，看到了西蒙内·马尔提尼的壁画，在罗马参观了斗兽场、古罗马广场①、卡拉卡拉浴场②的遗迹，罗马国立美术馆，梵蒂冈西斯廷礼拜堂的壁画，圣彼得镣铐教堂的摩西雕像③，波格赛美术馆④。由那不勒斯去庞培，再北上至比萨，经米兰进入瑞士，来到日内瓦，从霞慕尼⑤溪谷到勃朗峰，在巴黎参观了人人必到的美术馆，欣赏了伦敦大英博物馆精美的古希腊雕刻……

这次旅行给我最大震动的是意大利的佛罗伦萨，年轻的我被文艺复兴巨匠们的作品完全征服了。作为一个参观者，我既激动又茫然，一想到自己将来也要当画家，便彻底地绝望起来。他们具有强大的精神支柱，他们的体质、绘画材料和魄力是我无法与之抗衡的。我不能不感到选择画家这条道路是一大失误。

① 古罗马广场（Foro Romano），古罗马时代的城市中心。
② 卡拉卡拉浴场（Terme di Caracalla），古罗马公共浴场，建于公元二一二年至二一六年，其遗址如今是一个旅游胜地。
③ 圣彼得镣铐教堂（San Pietro in Vincoli），建于五世纪中期，摩西雕像由米开朗基罗于一五一五年完成。
④ 波格赛美术馆（Museo e Galleria Borghese），位于罗马的美术馆，以收藏意大利巴洛克风格的雕塑和文艺复兴时期的绘画著称。
⑤ 霞慕尼（Chamonix-Mont-Blanc），法国东南方的一个山中小镇，因欧洲最高峰勃朗峰位于其境内，是欧洲知名滑雪胜地。

一天，我拜访了圣马可教堂。庭院和四周的回廊一片宁静，简朴的僧院房间里张挂着安吉利科的壁画，谦和而素雅。望着这些充满情爱和幸福的作品，我心中觉得十分清静、坦然。我的眼前浮现出弗朗切斯卡平明的风格，乔托严谨的构图。于是，我又想起日本画这门领域，缅怀之情油然而生，它和阿尔卑斯山北边的朦胧的世界相互叠印在我的心中。

我想，应当珍视自己的艺术世界，作为画家，不管我的世界如何渺小，它也具有存在的价值。

回到柏林后，日德之间建立了交换留学生的制度，我被选入第一届留学生，可以领取后两年的留学费用。我当时产生了畏惧心理，心想在国外一住就是三年，会不会使我多多少少偏离日本画家的轨道呢？但我还是想利用这个机会学一点西洋美术史。我决定在柏林呆一年，然后在慕尼黑呆一年。到柏林美术学校一问，才知道这里仅仅限于技术方面，要学习美术史须到柏林大学去，那里的哲学科设有美术部。

办完入学手续，从一九三四年冬到第二年夏在柏林大学听课。德国的大学一年分冬、夏两个学期，开学典礼分科举行。当时的校长欧根·菲舍尔[①]

---

① 欧根·菲舍尔（Eugen Fischer, 1874—1967），德国人类遗传学家。

博士同每人握手，颁发了署有他的名字的证书。在日本，名望大的学校不会有这种事。我听课的重点主要放在从中世纪到文艺复兴时期的绘画上。学生们都很和气，我们很快成了朋友，他们似乎也是为了求学才进入大学的。

在德国生活期间，我对所谓西洋的合理主义精神越发有了深刻的感触。当时，西洋人的生活和日本人的生活具有明显的不同，在那个时代，这两者形成了鲜明的对照。战后虽然逐渐接近，有好多方面表面上感觉不出来，但两者还是存在差别：一是经过了长时期的培养；一是根底很浅。第二次世界大战后，两国国民的态度明显地表现了这一点。被占领中的德国，相当清楚地体现着这一特征。两国对战争的反省有着很大的不同。我认为这很好，但合理主义上升成为信念是危险的。我有个小小的体验，那是我在柏林的百货商店登楼梯时的事。在日本，行人靠左走，因此我顺着左侧向上爬。迎面下来一个大个子德国人。我当时正稍稍转头向旁边看着，两个人撞到一起了。

"我是对的。"

他说了一声，扬长而去。原来德国的行人是靠右走的。他是看着我上楼的，他以为我肯定会给他让路的。要是换了我呢，即便认为自己正确也会自动让开。

另外，合理主义可以对所有的现象加以分析，具有综合的作用。越向前发展，分工越细。在纯粹的感情世界里，美的地位是有局限性的，这样的美也越发纯粹起来。这种倾向以强大的阵势包围了我们的日常生活，形成了现代的美的世界。然而，我并不打算使我的绘画艺术进入这样的世界。日本人积极吸收外国新鲜的东西，使之成为本国美术的营养，这样的例子在日本美术史上是很多的。当然，现在对这种倾向持肯定态度的人也很多。但是，如果没有明确树立自己的主体风格，那么即使选择和摄取，其结果也只能引起消化不良。这种接连不断、大肆流入的带有新倾向的艺术，果真能够长久保持西洋艺术的价值吗？

战争期间，日本被神化为世界第一。战败以后，自开天辟地以来从未吃过败仗的国民受到了震动，对自己国家的自豪感一下子消失殆尽。战前，我年轻时候虽然对西洋文化也曾经丧失过自信，但战争结束后的今天，随着年龄的增长而成熟起来，才知道本国文化决不低于世界文化。就我来说，战前倾慕西洋，战后对日本的美越发崇敬了。

战前，很少有机会亲眼观赏日本优秀的古典作品。战争结束后，为名家所收藏的名作，改换了主人，开始在各种展览会上露面了。我贪婪地望着作品，访问前辈收藏家，对技术方面也展开了研究。

我对中国和日本的古典艺术，对日本的古典表演技艺，以及其他能够长期保持日本传统的美的所有东西都有兴趣。我觉得真正回到日本来了，这恐怕在日本国内是无法感受到的，而是借助西洋人的眼看到的。在战后光怪陆离的西洋文化的潮流中，我清醒地守住了日本这块阵地。

旅游事业多少有些好转之后，我又到甲信山岳、富士五湖、上越山岳等地进行四季写生去了。这次写生和从前不同，我特别注意体味日本自然界的微妙变化。

我对新派的西洋文化之所以没有立即产生反应，是因为我深知西洋文化的美妙及价值。对于急遽变化的新的倾向，虽然也可以认为是西洋意识传统的进取精神和实验主义的一种表现，但我觉得不可盲从，实际上我也没有随波逐流。大张旗鼓宣传起来的新艺术，比起妇女时装展览会更靠不住。追逐外表新奇的艺术也许是件好事，但作为画家必须自甘寂寞，以坚韧不拔的态度，真正创造出自己的作品来。

東と西　Ⅲ

第八章 东与西（三）

　　有人说西洋文化是人性主义的，东方文化是自然主义的。这种人性主义和自然主义的概念在理解上容易产生混乱。人类文化，不论东方西洋，只有通过人类本身才能存在。西洋美术史上，十七世纪之前的名作，大都是人物画。东方呢，山水画这一门类在唐代就已经发达起来。之后，风景、花鸟的名作繁多。在形象表现上，西洋注重客观观察；东方强调主观感受。芭蕉说过："静观之，万物皆自得其所。"所谓静观是以看的人的心理状态为前提的，决非脱离人情，而是站在让景物融于人的精神境界的立场之上。因此，"静观"的意思也许就是摆脱自身的利害冲突，虚心地看待事物的一种心理吧。只有在这种时候，才能感受到万物都各具生命，自然地存在于天地之间，对象和自己在心灵深处紧密地联结着，从而产生由衷的喜悦。

　　日本自古多受中国的影响。芭蕉的这句话就出自中国的诗。在深刻的精神思索方面，中国具有远胜西洋而毫不逊色的东西。欧洲和中国都是大陆，国民们都经受了民族变迁和异国之间苛酷争斗的历史。与此相比，日本是远东的岛国，为大海所包围和守护，很早成了统一的国家，战争也大都发生在本国。直到这次战争为止，国民没有经历过惨苦、恼怒、悲伤、憎恶、恐怖和破坏。这从此次战争结束后国民那种丧失自我的样子可以明白。就是说没有尝过失败的滋味。一个温和湿润的岛国，一个具有这样历史的民族，其所好和大陆各国殊异也是当然的了。亲近大自然，喜爱微细的情绪，长于洗练的感触，在这一点上，日本是无与伦比的。

雅典卫城的山丘①上高耸着帕提农神庙，背衬着湛蓝的天空，大理石的圆柱熠熠生辉；而伊势神宫却建筑在蓊郁的密林中，清流宛转，风格简素，清净。两相比较，就会清楚感到西洋和日本精神基础的迥然不同。帕提农神庙的建筑式样显示着威仪和庄严，象征着力量和意志；而伊势神宫呢，它的美来自于同周围自然环境的和谐一致，它不能脱离幽邃的森林和山川。前者永远耸峙于干燥的空气里和明朗的阳光下，具有立体感和容量感，可谓形成了一个与自然相对立的空间。后者掩映在长满常绿树的山麓上，包围在河川和森林的湿润的空气里。白色的木质结构和茅草葺顶的素朴的殿堂同自然融为一体。西欧人长期为征服自然而生活，日本人却是为了寻求与自然的协调而生活。

我刚才说过，这种对自然的不同态度表现在美术史上，表现在人物画和

---

① 雅典卫城，古希腊城市国家雅典的丘陵城廓，上面的帕提农神庙供奉着希腊神话中的智慧女神雅典娜。

风景画方面。现在再从风景画的发展这一观点来看，当然这里只能领略一个大概。在东西美术史上，作为风景画要素的云、水、树木、建筑等，在很久以前的古代就出现了。一般认为，东方的所谓山水画，从六朝至唐代获得了发展，到了吴道玄时代，确立了风景画这一绘画门类的地位。西洋呢，从文艺复兴时起，在北欧首先发展起来，到了十七世纪，荷兰的范勒伊斯达尔[①]才开始创作纯粹的风景画。吴道玄和范勒伊斯达尔在绘画格式上自然大相径庭，但从美术史上确立风景画这一门类的时间来看，东西方相距九百多年。这件事不正说明东西方人们对自然风景感情上的差异以及迥然不同的自然观吗？

然而，自然这个词语，在西洋出自拉丁文的NATURA，英语叫NATURE，德语是NATUR，本来是"生""产生"的意思，用这个词泛指自然界的一切事物是从培根（英国人，1561—1626）那个时候开始的。培根站在工程技术的人生观的立场，将人和自然置于对立的位置，主张征服自然以扩大人类自由的世界。人们企望战胜自然的思想，成为后来欧洲人思想的

[①] 雅各布·伊萨克松·范勒伊斯达尔（Jacob Isaahszoon van Ruisdael，约1628—1682），著名的荷兰风景画家。

支柱，自然这个概念被当成和人类的自由概念相对立的东西。

到了黑格尔（德国人，1770—1831），自然和精神互相对立，不过其根源可以说仍然来自希腊思想的"积极的人性主义"。黑格尔说："所谓希腊精神就是美好的个性的东西，它是由通过自身的表现而使自然变形的精神所产生的。"西洋的传统意识源于希腊而向罗马发展，到了中世纪尽管有一时的断绝，但从文艺复兴以后一直延续到今天。而且，除了"人性""精神"之外，"文明"等概念是作为自然的对立物而存在的。

在中国，老子的哲学思想认为宇宙内部包含着一个根本的存在即"道"，其形状是难以捉摸的"无"，其作用是无为，是没有人为的自然界。庄子则站在彻底的自然主义立场上，主张世俗的一切都是无价值的，生死也只是自然界的一个现象，应该超越人生，在自然界任其逍遥。禅宗自六世纪兴盛起来，这是因为人们加深了对自然现象的思索，"山水"表现了人的心目中真正的自我，即"无形的自我"，这种观点不正代表着宋元名画的深远的风格吗？

在日本，"自然"这个词儿本来是作为副词和形容词使用的，到了明治以后才采用和欧洲的NATURE相同的意思。这里所说的自然，比起中国自古以来发达的精神思索，在感觉上采取了更亲近自然的态度。如前所述，我以为这多半是由岛国的自然环境所决定的。从大和绘的风景描绘上可以感受独特的美，这样的画面直接触及了自然的美，于装饰性的美感中生动地体现了自然界的勃勃生机。另外，受宋元影响的水墨画以及后世的南画①，都产生过和中国画不同风格的风景画名作。

西洋的风景画发足于十七世纪的荷兰，在美术史上形成了独立的门类。北欧的德国、荷兰、芬兰等国家对风景画的重视远比意大利等南欧诸国要早。尽管康拉德·维茨②、丢勒、克拉纳赫、阿尔特多弗③、布吕赫尔④等人算不上纯粹的风景画家，但他们有相当多的宗教画和风俗画，这些作品大多以风景为主，人物只不过是风景的陪衬。这种风景描写，实际上获得了优美的意境。十七世纪的荷兰，市民过着优渥的生活，以这种市民精神为根柢，通过他们日常和自然的亲密交往，不是产生了许多纯粹的风景画来吗？其中最著名的当数范勒伊斯达尔父子的作品了。他们不像东方风景画那样注重象征性，而是从写生主义的基础上发展起来的。到了以后的印象派，创造了风景画的

---

① 日本江户时代中期以降的画派，也称"文人画"。
② 康拉德·维茨（Konrad Witz，约1400—1446），德国画家。
③ 阿尔布雷希特·阿尔特多弗（Albrecht Altdorfer，约1480—1538），德国画家。
④ 老彼得·布吕赫尔（Pieter Bruegel de Oude，约1525—1569），荷兰画家，以农民景象画作闻名。

黄金时代，出现了柯罗①、泰奥多尔·卢梭②、库尔贝③、莫奈④、西斯莱⑤、毕沙罗⑥、塞尚⑦、梵高、郁特里罗⑧、弗拉曼克⑨等一大批优秀的风景画家。

在东方，中国历代出现了许多风景画家：盛唐的吴道玄、王维，北宋的李成，南宋的马远、夏珪、牧谿、梁楷，元代的黄公望、倪云林、王蒙，明代的沈石田、文徵明、董其昌，清代的石涛等，这些历代名家的风景画，尤其是水墨画作品代表着最高的水平。

在日本，大和绘是由所谓"四季画""名胜绘"的风景屏风发展起来的，平安、镰仓的绘卷里保留着描写自然的优秀之作。室町时代的水墨画有周

---

① 让－巴蒂斯·卡米耶·柯罗（Jean-Baptiste Camille Corot，1796—1875），法国画家，被誉为十九世纪最出色的抒情风景画家。

② 泰奥多尔·卢梭（Théodore Rousseau，1812—1867），法国风景画家。

③ 古斯塔夫·库尔贝（Gustave Courbet，1819—1877），法国著名画家，现实主义画派的创始人。

④ 克劳德·莫奈（Claude Monet，1840—1926），法国画家，印象派代表人物和创始人之一。

⑤ 阿尔弗莱德·西斯莱（Alfred Sisley，1839—1899），法国出生的英国印象派画家。

⑥ 卡米耶·毕沙罗（Camille Pissarro，1830—1903），法国印象派画家。

⑦ 保罗·塞尚（Panl Cézanne，1839—1906），法国印象派到立体主义画派之间的重要画家。

⑧ 莫里斯·郁特里罗（Maurice Utrillo，1883—1955），二十世纪法国天才画家之一。

⑨ 莫里斯·德·弗拉曼克（Maurice de Vlaminck，1876—1958），法国野兽派画家。

文、雪舟、雪村、元信，桃山时期有永德、等伯、宗达，进入江户时代后，出现了应举，文人画有大雅、芜村、玉堂（浦上）、竹田，进而出现了版画界的广重、北斋，明治以后有雅邦、春草、广业、铁斋、大观、栖凤、玉堂、素明等。这些画家都为日本美术史留下众多风景画名作。因为我是画风景画的，所以我便从风景画这一观点来看，当然，画花鸟画和人物画的大家也有许多名作。

日本的风景画有个特征，不把风景放在广大的视野之中，而多是以自然界的一隅为题材。这是西洋画和中国画所没有的。这似乎是用画花鸟的方法画风景，不论怎样，那画面近看起来，只是由一部分自然景物所构成，不是远景、中景、近景的组合，而是单有近景的一种特殊构图。可以说这是从装饰的感觉上产生的作品，同时也显示了日本人对自然的热爱，哪怕一根野草也当成大自然的生命的体现。对自然机微的敏锐的感觉能力，这是日本人所独具的，它来自特有的精细的神经反应。

不仅是绘画领域，再看一看其他表达日本美的东西，比如看歌舞伎，不论表现如何痛苦的场面，都不至于大放悲声。观众从那沉静的强忍悲痛的舞蹈中，可以理解人物内心的忧伤。这样的戏剧在世界上是绝无仅有的。在德国常常看到席勒的戏剧，通过悲痛欲绝的动作，极力表达人物内心深广浩大的苦楚，观众也为这样卖力的表演拍手叫好。日本的美的世界不喜欢生硬的过分夸张的表现。

和服的美。比起年轻女子，中年以上的妇女更喜欢穿着和服，那身姿具有特殊的美。和服和衣带协调一致，衣带结、木屐和携带物协调一致，穿着和季节变化的自然环境协调一致。

日本的舞蹈，其动作更加体现出和服的美来，轻柔的身段中包裹着紧张的神经。

日本料理给人洗练的感觉，器物之美，根据季节不同选用材料，组合调配，饱含深情。国民食用起来能感受到浓厚的季节感和美感。这是世界上所没有的。

献茶的方法，进茶的顺序、组织和安排，主宾之间的感情交流，都做得无懈可击。

日本画使用的笔、纸、颜色等工具材料，均灵活易变，石质颜料和粉质颜料要放入胶液中用指头一点一点搅动，使其融合在一起。作画时，除水墨画外，彩色绘画重要的一点是要求运笔速度和缓。可以说，整个日本美的世界是靠某种程度的缓慢的速度才得以成立的。为了取得整体感觉上的细腻的情韵，必须用心周到。而且，只有保持着紧张的神经活动，才能缓缓地描绘出一个空间。"能"①的演技就是靠这种紧张的神经活动在看起来几乎静止的优柔动作中显示出高度的充实感来的。

《雾》这幅作品是在一九五一年的"日展"上展出的。八株直立的落叶松树干，一个砍伐的树桩，构图非常单纯。树干上没有枝叶，仅在远处的树干上给人一种暗示，似乎是有枝叶的。唯有近处的一株树干，仔细一看，上边的小枝上长着幼芽。这该是早春的征兆了。整个画面飘荡着若明若暗的苍茫的雾，给一株株树干带来微妙的情趣。这幅画取材自山中湖畔，由于作品的基调过于黯淡，在展览会上没有为人所注目。但我画它，是想从《路》再向前跨进一步。《雾》这幅画表明了我对东方或日本的文化越来越关心了。

我对卷轴画也很有兴趣，打算画一画试试看。中国也有卷轴画，在日本获得了独特的发展，这种绘画形式已经无人问津了，但在我的心目中正酝酿着一个主题。

雾
霧

5

① 日本一种借助面具进行表演的古典舞台艺术。

秋风行画卷
秋風行画卷

6

　　战争结束后不久，我到甲州的嵯峨盐去写生，从中央线上的初鹿野徒步走了约莫十公里的山路，直奔大菩萨岭，途中在矿泉旅舍住了三天。因为收获不大，便决计下山了。离开旅舍，刮起风来，那风好像是从大菩萨岭山顶上吹下来的。落叶的杂木林中，烧炭小屋袅起了炊烟，山坡的树林里残留着红叶。我沿着河谷越过村庄来到初鹿野车站。一路上秋风飒飒，我仿佛感觉是和秋风一起下山的。我想把这种感受绘入画卷。自从有了这个想法之后，我每次登山，就寻找适合于这种构图的情景进行写生。

　　开篇是秋风初起时的广阔的山岭风景。接着立即将视点拉到近景来，遍生杂木的山野上飘散着烧炭小屋冒出的白烟。林中的细流顺着岩缝流淌。脱光叶子的杂木林终了之后，出现了残留着晚秋的红叶的斜坡，隔着河流可以看到人家内庭的竹林在风中飘摇，喧闹。阵雨骤降，打湿了葺着石板的屋顶。雨过了，农妇慌忙收拾晾在院子里的谷物。柿子树上点缀着鲜红的果实。长满芒草的原野。走回家门口的农家子弟。栎树林。一匹驮马耷拉着脑袋。树林的姿影在秋雾中逐渐淡化，全然消失在雾气里了。一派灰色的世界中，落叶在簌簌飞舞……

我把这幅作品题为《秋风行画卷》，送到一九五二年举办的"芝英会展"上展出。在这一年的"日展"上又展出了《山谷》，这幅画描绘了布满红叶的山坡的色彩和图案。和前年的《雾》不同，这是一幅色彩画。但是不管是《雾》也好，《山谷》也好，《秋风行画卷》也好，都表现了我对日本自然的热爱，对自古以来日本人自然观的共鸣，以及对大和绘抱有的浓厚的感情。

日本画不应当只残留着过去的形骸，而应当和时代共同前进，获取新生。但是，脱离了日本画的优良的特征，还会有日本画的生存之路吗？我要做的是什么？在地球变得越来越狭小的今天，从整个世界的眼光反省日本画，从而寻找出新的起点，这态度固然是必要的，但更为重要的是认真探究日本画的本来风貌，并使它扎下根来。

一九五三年在"日展"上展出的《山谷》，表达了细细的流水冲开冰雪和春天一起到来的情景。一九四一年，这一主题曾作为《自然与形象》三部曲之一绘制过。将原来写生画上作为造型处理的树木等部分省略，只画了雪中的流水。相隔十多年后重新绘制这样的画，这是因为在我的艺术造诣中，增加了一种新的要素，促使我将这一主题更加生动地描绘出来。观赏自然的深切体验和对日本古典艺术的共鸣，形成了这幅作品的基调。

　　这幅作品和西本愿寺的《三十六人家集》的作品有相像的地方，然而我画这幅画的时候尚不知有《三十六人家集》。我的头脑中也许有琳派的"水"，而且，琳派的"水"也是以古代大和绘的"水"为源头的。《三十六人家集》中的"水"看起来是将大和绘中的"水"的装饰性特征，通过拼纸的手法，使其变得更装饰化了。

　　假若是这样的话，那么我的这条水流便和古老的源头连接起来了。但是，这幅作品的构思来自实景的素描画，我想要描绘的是出现于自然一隅的潜静的生命的赞歌。我到信州的上林和野泽，对雪中的流水作过写生，我想通过线条使画面更单纯和富有力度，我把弥生式陶器和汉代器物的款式拿来作为参考。考虑到水和雪的部分在分量上的对比，在水流的下面涂上青黄色，贴上金箔，而上面却施以浅蓝和青绿色。

　　《路》《雾》《山谷》等作品中共有的单纯化和造型美，是带有日本风韵的，

但同时又和现代某些感受相沟通。我这个人虽然对时代性缺乏敏感，但既然生活在现代，对自然的态度总会受到时代感受的影响。对于"东"和"西"的考察姑且到这里打住，然而我平素仍然采取这样的态度：一如既往地醉心于山野的旅途之上，时时在自然的感应中寻求我的绘画的灵性。绘制《山谷》的那一年，我搬到现在这个地方，盖起了一座小屋。多靠吉村顺三先生的好意设计，这才有了自己的家。

光と影

第九章 光与影

这是喜悦。这是漫长的严冬过去、春天到来的喜悦。一九五三年"日展"上展出的《山谷》，表现了春天到来以后，冰封雪锁、一片银白的山谷里，小河潺潺奔流的情景。作为这幅画的作者，内心里也萌发出一种喜悦，这就是在度过我自己漫长的冬天之后获得的喜悦。

经历了阴暗的战争年代，战后租赁人家的楼上，过了七年不如意的生活，这一年才在自己的土地上建起了自己的家。在这座新居里绘制的第一幅作品就是《山谷》。而且，这时候我的健康也好转了。战后几年间，由于连续处于营养失调的状态，走起路来歪歪斜斜，有时在田埂上经大风稍稍一吹，就站不稳当，只得蹲下来。病也好了。以前有过几个月的胃肠障碍，肝脏也不好，因患丹毒，生命几将不保。在我越来越热心于绘画的时候，在画坛的形势发生变化、商业性画展越来越活跃、绘画作品的需求迅速增多的时候，我愈加感到我不能不驱使我的身心投入这项工作。我想，要是因此而倒下那就糟了。我在《波涛》一章里已经说过，我周围的环境不断发生变化，我自己并不想特别回避它或迎合它，我只想安安稳稳脚踏实地走自己的路。但坚持这样的态度决不是容易的事。我同社会接触越多，就越觉得应该明确表示赞成还是反对。一个从事日本画的人，从习惯上说，要是对外界的约请模棱两可，含含糊糊，以后常常会引起纠纷。一开始就明确表态固然显得有点锋芒毕露，不易为人所谅解；但从结果上看，有碍情面而采取暧昧的态度，由于双方的想法各不一致，随着以后形势的变化而产生的麻烦是很叫人伤神的。因此，我自己量力而为，不可能做的事决不接受。我只得订了详细的计划，尽量让对方了解自己实际工作情况。

山谷
たにま

8

这也许是受到了我年轻时候所学的西洋"合理精神"的影响所致吧。

但我有时又想，如果目前的状态继续下去而不加以改变，那么就会出现这样的结果：要么毁灭了艺术，要么损害了健康，二者必居其一。我生性不爱打赌，但这时候，我却把赌注全部投入绘画作品上，把健康抛到一边了。根据自己的意愿为"日展"自由挥笔；为画商展提供展品；或平素受别人之托作应酬，这其间大幅小件各不相同，准备工作和投入的精力也各有差异，但态度和题材始终不变。这是当然的，然而又是困难的。奇怪的是，尽管睡眠时间减少了，我的健康状况却比闲暇的时候一天天好起来。

这实在令人高兴。一个画家，当他对作品投入全部心力的时候，同时对身体的自信也增强了。这便使我的作品出现了从来未有过的东西。战后几年里，我的作品是根据无常的观念产生的；只着眼于孤独和悲哀。然而，打这时起，增添了生的欢乐的成分，着力寻求一种响亮、强劲和厚重的基调。

《山谷》的构思果敢、单纯，画面富有对比性。这是一幅近乎纯粹的绘画作品，然而画面里自然界的一片欢欣的景象，不正是我的心泉的悄悄流泻吗？

我站在房总半岛的浜金谷海岸，锯山披着夕阳耸立在我的眼前，巉岩凌厉的群巅连绵起伏，看到这一景象，海浪的音响和渔村的喧闹顿时消失了。我来到深山之中，濒临于幽暗的湖畔，置身于巍然耸立的山岩前边。

湖水泛着黑色。夕昏顺着山脚爬上来，山顶的岩石只留下一抹残阳。金色的天空。纵长的画面上下，天上的金色和湖水的黑色浑然一体，画面的大部分尽是赤褐的山肌。这样的色调和构图是我从前的作品未曾出现过的。一九五四年绘制的这幅作品，本来是想送到每日新闻社主办的"首届现代美术展"上展出的，由于进展不顺利，展出前夕彻夜赶制，但总不能令人满意，便弃置一旁了。送展是无望了，睡了一个小时光景，蓦然睁眼一看，天渐亮了。看看作品，似乎还有点特色，虽说觉得不行了；但还是起来加了加工。这时已是清晨，搬运工来了。我茫然地问妻子怎么办，妻子带着不安的表情回答：

"还是送展吧，这画看起来并不十分坏。"于是下定决心送展，以《晚照》作为画题。

这幅作品在展览会上受到奖赏，成为我的代表作之一。由于和我过去的风格、基调有所不同，我本人也很难加以评判。在家中绘制的时候，看上去有些粗糙，但放在展览厅里一看，反而显得强劲、厚重，这是我以前的作品未曾有过的特征。我想，我在绘制过程中之所以感到不能得心应手，或许是因为我的心境的无意识变化先于作品而产生，原有的熟习的手法同我的思想意识发生矛盾的缘故吧。

这幅作品的基调仿佛飘荡着巴赫的管风琴曲《D小调托卡塔与赋格》[①]。以前的作品，类似舒伯特的歌曲，他的《冬之旅》更是我心灵的寄托。而从这个时候开始，作品里仿佛使人感受到巴赫和莫扎特交响曲的韵律。人们说，这幅画很像德国的作品，颇带有北方的特色。我对日本的艺术有着浓厚的兴

晚照

[①] 约翰·塞巴斯蒂安·巴赫 (Johann Sebastian Bach, 1685—1750)，德国作曲家，被尊称为"西方现代音乐之父"。该曲作于一七〇八至一七一七年，是巴赫青年时代的代表作之一。

山湖
山湖　10

趣，一直拜倒在它的脚下，但从欧洲归来的路上，看到濑户内海里海岛的风景感到非常亲切，同时又有几分不足。这恐怕仍然决定于我的宿命的观点吧？房总半岛海岸的山峦一下子变成了深邃的山湖的景观，基调里还流溢着巴赫的音乐……

　　以前，我偶尔受托为报纸杂志写画论方面的文章，谈展览会感想，写随笔，打这时起，约稿的事儿逐渐增多了。艺术制作总是繁忙的，必须舍弃画家以外的一切欲求。但是，绘画是人格的表现，在人格的形成上不仅有"感觉"，有时还需要有"思考"。总之，画家的思考是凭借感情。我也是个不折不扣的画家，即便思考，只能是感觉到的东西，不过是思考性的练习罢了。

　　一九五五年，在樱井兼素洞举办的个人画展上，陈列了《潮音》《山湖》《月明》等七幅作品。数量虽少，但却是本人首次举行的单独画展。第三届国际展览会上，我展出了描绘室户岬上的榕树树根的作品《树根》。这幅画构图奇特，仿佛隐藏着一个错综复杂的谜。这在我的作品里是颇为少见的。这树根是从遥远的南方海岛上，漂流到波涛汹涌的岩礁海岸边的吧？我为这榕树的顽强的生命力所感动。

这一年，我建造了新的画室。两年前盖起新居的时候，画室只有六铺席大，这回有十二铺席大，一直高达天花板。棚架里装上了书橱和录音机，作为画室的附属部分，还建了储藏室。和先前一样，这也是吉村顺三先生帮忙设计的。本来在建房时这画室已经设计进去了。吉村先生笑着说："这下子，这个家终于初具规模了。"

一关上隔扇，书橱和录音机就看不见了。这面大隔扇，是用麻布裱糊的，可以用画钉把素描和画稿钳在上面。我对这座画室十分满意。装上录音机，有时可以养养精神，有时由此获得强烈的刺激。只要我喜欢的歌曲，都可以在这儿播放，我毕竟不是个爱挑剔的收集家，从佩尔戈莱西①、科莱里②、

树根
樹根　　　　　　　　　　　II

---

① 乔瓦尼·巴蒂斯塔·佩尔戈莱西（Giovanni Battista Dergolesi，1710—1736），意大利作曲家。
② 阿尔坎杰罗·科莱里（Arcangelo Corelli，1653—1713），意大利小提琴家和作曲家。

维瓦尔第①等巴洛克音乐的朴素而清澄的协奏曲，到巴赫、莫扎特、贝多芬、舒伯特，再到巴托克②、柯达伊③、马勒④、德彪西⑤等人的作品，一概收集起来。这些都是经过挑选后自己所喜欢的乐曲，数量不算多。其中最多的是莫扎特，我特别喜欢他的钢琴协奏曲和晚年创作的交响曲。

《光昏》是我在新画室内最初绘制的作品。有时候，我拿出旅途上的素描画凝视着，其中有在野尻湖畔画的。过去我把这些丢在一旁看也不看，因为都是一些构图平凡的明信片式的水彩风景。

两三年前的晚秋季节，我一大早从信越边境的田口车站下车，立即驱车向野尻湖畔的旅馆奔去。视野开阔的山冈之上，孤零零耸立着一座西式建筑，屋顶葺着厚厚的茅草。隔着湖水可以看到妙高、黑姬、户隐、饭绳诸山，对岸缓缓的丘陵和这边湖畔的树木互相呼应，和谐而优美。

秋日多变化。早晨，晴朗而爽适的空气中，清亮的湖水映衬着岸边的红叶，

---

① 安东尼奥·卢奇奥·维瓦尔第（Antonio Lucio Vivaldi, 1678—1741），意大利巴洛克音乐作曲家。
② 巴托克·贝拉（Bartók Béla, 1881—1945），匈牙利作曲家。
③ 柯达伊·佐尔坦（Kodály Zoltán, 1882—1967），匈牙利作曲家。
④ 古斯塔夫·马勒（Gustav Mahler, 1860—1911），奥地利作曲家。
⑤ 阿希尔-克洛德·德彪西（Achille-Claude Debussy, 1862—1918），法国作曲家。

不一会儿又变得阴沉沉、冷凄凄的了。每当秋风吹过，湖面上闪烁着倾斜的白光，树木摇动着梢头，撒下金色的叶子。也有下雨的日子。傍晚，天晴了，对岸的山峦，受到逆光的返照，呈现深厚的紫色，将天空和湖水映成橘红色。天色很快黑下来了。

光昏
光昏

我从这个时期的素描中绘制了两三件小品。当我在晴朗的早晨，清晰地望见黑姬山的时候，我未多加思考，就为这雄伟的景象作了一幅写生。我本来不打算作画，所以就一直搁置下来了。当我看到这幅素描，忽然泛起一个念头：把这天空染成金色，把这湖水描成黑色，那会怎么样呢？于是，我眼前出现了黑姬山，它以金色的天空为背景，耸立在紫金色的逆光里，夹持着黑沉沉的湖水，近景的红叶在暮影之中泛出微暗的色调。

我立即在小纸片上画下了这个意象。纵长的构图里，充分容纳了山峦和红叶林。虽然这是一闪即逝的意象，但却不是幻影。我在旅途中总是时时眺望自然的变化，这种偶然出现的色调不是空想，而是带着凝重的实感向我迫近。我试图通过这幅作品，表现古典能乐在服饰上沉滞的装饰效果，和自然界庄严的实感的两相对立。贯穿在我作品始终的孤独感情,不是悲天悯人的哀泣,而是有可能显示出庄重的情趣。

我决定绘制一幅以野尻湖为题材的作品,参加第十一届"日展",并着手作准备工作。前面的树木,光靠野尻湖畔的尚嫌不足,所以在构图上把在箱根姥子的写生也加进去了。我曾经分别于早春、夏、秋三次到达那里,把相同的树林景色仔细作了写生,绘制成画时省略了细部,采用了大幅画面的构图方式。

快要完稿的那天晚上,我把画嵌在画室的墙壁上,听着莫扎特《C大调第四十一号交响曲》①。夜阑更深,优美的乐章渐渐流泻出来,充满了空寂的画室。我时常在自己的作品里深深埋藏着悲凄的感情,然而在这幅作品中,我希图这种感情通过沉稳而又华丽的形式渐渐渗透出来。我希望在我的心中悄悄鸣响着莫扎特晚年的交响曲的韵律。然而,随着乐曲的飘扬,我的画渐渐显得贫弱了。在这座屋子里,仿佛感到只有莫扎特和我两个人相向而坐。乐章奏出了丰厚圆满的尾声,我茫然凝视着自己的作品,那涂满黄、黑、赭的色调强烈的画面,仿佛一下子被压倒了,减色了。我错愕良久,好半天才

---

① 莫扎特创作的最后一部交响曲,完成于一七八八年。

恢复常态，重新站在画面前边。

我考虑给这幅作品定个什么画题为好，最后决定命名为《光昏》。虽然没有这样一个词儿，但这里的"光昏"是阳光昏黑下来的意思，是光明和黑暗的对照，或者说黑暗中的光明的意思。傍晚时分光和影交织的瞬间的风景，自战后绘制第一幅画《残照》以来，屡次出现在我的作品里。最能显示自然界勃勃生机的时刻倒不是阳光灿烂的正午，而多半是清晨和黄昏光与影相交替的时候。如果说《残照》是一首雅静的独唱曲，那么《晚照》和《光昏》便是于雅静之中充满高亢音响的大合唱。这幅画获得一九五五年度日本艺术院奖，收藏在艺术院会馆，是我四十六岁时的作品。

風景写生展のこと

第十章 风景写生展

展览会行将结束，川端康成先生走进会场。先生一幅接一幅从容看了一遍，坐在椅子上，盯着一幅画望着。展览会是在一家百货商店内举办的，这时已经过了闭店的时刻，没有一个观众，可先生依然纹丝不动地瞧着那幅画。

这是我举办写生展时的事。一九五六年，计划在银座的松屋由朝日新闻社主办素描系列画展，首先举办我的写生画展。不用说，我拿出的三十幅作品，几乎全部是风景素描。我每当背着画具钻进火车离开东京的时候，总有一种解放感，总是怀着期待的心情，不，毋宁说常常处于无所用心的精神状态。平素，我思考过自己所面对的自然界，也揣摩过旅行时的心境。一旦出外旅行，大自然就在眼前，仿佛直接捕捉到一种东西，在持续不断的紧张的感奋之中进行写生。这种状态可谓进入了忘我的境界。不管是感觉到的、理解到的，都充分地活动起来，既没有意识到这些，又忘却了过去积累的经验，只感到每次都是徒手面对着新的对象。旅行使我的精神处于单纯而振奋的状态。这时的自然变成了洋溢着生命感的对象。自然作为我自己心灵的表象向我显示了鲜明的姿影。在这种场合进行写生，较少有材料、技术的阻滞和意识上的迷惘，比起正式绘画来，更易于直抒胸臆，使作品充满生气。然而，我是日本画家，要将旅行中得到的题材加工制作为正式绘画作品原是画室中的事，并非直接面对自然本身所能做到的。有时候把从自然得到的题材，或写生画作为基础，场面忠实于实景。有时候在构图上加以改变，运用想象使主题更加突出，强调我所要表现的内容。有时像《晚照》那样，面对自然的实景，暗示出幻想的世界。有时像《光昏》那样，只是把实景草草描画下来，然后加工时突然变得面目全非了。

在山野写生时，水筒里的水很宝贵，由于不能常常更换，清水变成浊水还得继续使用，画笔在脏污的调色板上蹭来蹭去。尽管如此，这样的写生画多数都是鲜明可感的。在画室作画时，总是神经质地使笔洗里的水保持洁净，选用最佳的材料。但结果呢，写生画原有的新鲜动人的特色渐渐淡薄，越是快接近完成，越是叫人大失所望。举办写生展时，不能不考虑到这一点。在深沉、厚重以及颜色等材料的恒久程度上，正式绘画占着优势。此外，像即兴写生画那般富于生命感的作品，从艺术价值上看，虽然并不算高，一旦将这些写生画排列在一起，就显得新鲜活泼，自由奔放，具有很大的魅力，很少像从事正式绘画那样心情急迫，时时叫人局促不安。一个展览会，专门展出大量素描作品，也许是个特异的例子，因此引起了相当大的反响。这一展出计划，共挑选包括日本画、西洋画在内的五十人的作品，其后连续展出了九年。素描最能真实反映作者的本来面目，不论看了谁的作品，都是兴味盎然。这个活动具有很大意义，加深了一般人对素描的认识。

过去，我曾经遍历山野巡回写生，也曾经到同一地方跑过多少趟。但是，自然界是活生生的，常常发生变化，去年到过的地方，今年选择这个时节再去，就再也看不到相同的风景了。当然，昨天看到的风景，今天也许能够看到。然而，去时看到的认为颇有意义的风景，等巡游了一遍，临回来时又觉得索然无味了。自然界瞬息万变，我观赏风景时的心境也不断起伏、变化，因此就更没有什么奇怪的了。有许多次当我坐下来写生的当儿，光线方向的转换，天空模样的变化，都使得景象同起初大不一样。以前，我把最初的印象，画成简单的小幅素描，只捕捉当时的感受，然后再慢慢组合为风景写生画。但是，只要我的目光稍许深入自然的内部，将瞬间的情景铭刻于胸中，尽管自然界不断变幻，也不会受其干扰，可以将自己捕捉到的神态从容描摹下来。渐渐地，我不大巡游了，细心观察的时间多起来了。

从前，在旅途中，每逢下雨，总要抬起恼恨的脸色望望天空，现在呢，从旅馆窗口遥望平凡的风景，也会有意想不到的发现。有时，云层低垂，背景的大山看不见了，但眼前的丘陵和森林，反而显得格外有趣。

当我撇开寻找绘画题材的打算，只是无心地眺望着眼前风景的时候，大自然仿佛正对我低声絮语：快把我画下来吧。于是，哪怕寻常的一景，也会抓住我的心扉，阻止我的脚步，打开我的画册。

師のこと

第十一章 老师

一九五七年二月三日，未明。听到急剧的电话铃声，我飞身下床，怀着不良的预感拿起听筒。结城素明先生突然去世了！他的夫人报告了这一消息。大约是四时半，我和妻子匆忙赶往中山车站，乘上头班电车，来到御茶之水，然后又叫了出租汽车直奔林町的府邸。原来先生于昨夜十点左右就寝时精神还很好，今天早晨发病，等叫了医生已经来不及了。他患的是心脏麻痹。

在芝地的增上寺举行了隆重的葬礼。先生于一九〇二年在东京美术学校做聘用教师，一九〇四年成为副教授，一九四四年退职。在这段漫长的时间里，他作为日本画专业的教师，培养了众多的学生。正如他作为画家留下伟大的足迹一样，先生作为一个教育家，其功绩也应受到很高的评价。然而，战争末期，先生作为一个自由主义者，不得不辞去了教职。

他是历经明治、大正、昭和的日本画坛的先驱者、巨匠。作为画家和教育家，他像一棵大树，强劲的枝条上结满了丰硕的果实，粗壮的树根周围培养了众多的幼树。狂风猛烈地吹打着这棵大树，大树受伤了，受到枝叶庇护的幼树却平安地生长着。作为一个先驱，一个巨人，先生有着不可避免的命运，可以说他是竭尽全力走完了八十二年漫长的道路的。

先生的门生之中，我是他最末代的学生。因此，即便从画集上，我也未能看到过像《鸣啭》《歌神》《八千草》《夏山三趣》《朝霁薄暮》《诗经图》之类的传世之作，而这些都是他在画坛上风华正茂、大显身手时期的作品。我第一次看到这些画，还是在为纪念先生逝世一周年所举办的遗作展览会上，当时我更加深切体会到先生的伟大。

我进美术学校是昭和初期，那是先生从海外归来成为美术院会员的第二年。我在学生时代既没有受到先生的表扬，也没有挨过先生的批评，没有什么值得回忆的事情。倒是松冈映丘先生常和学生们聊聊，所以印象很深。松冈先生总是穿着外褂和宽脚裤来教室上课。川合玉堂和小堀　音两位先生当然也是一样。特别是川合先生，端然整洁的和服和纯白的布袜，给我留下了鲜明的记忆。然而，结城先生却不修边幅，他那一身粗毛西装，从当时的常识来看，无论怎样都不像个日本画家，给人的感觉倒像一位油画大师。先生体格魁梧，在我这个做学生的眼里，显现了一个画家、一个人的伟大之处。

松冈先生在颜料的调配、上胶和涂矾水上，唠叨得使人心烦。结城先生对这些细小之处从来不说什么，但是对构图要求极为严格。有时候上石膏和人物素描课，他会用粗大的手指猛地蹭着画面，把走样的地方订正过来。那黑乎乎的指印，用多少面包屑也擦不掉。两位先生站在迥然不同的立场上，在指导学生方面鲜明地表现了各自的态度，这是很难得的。我们是从这两位老师身上汲取营养成长起来的。

前面说了，结城先生是个巨人，世上的人和我们这些门生对他的认识，仅仅是眼前的一部分，就像瞎子摸象一般。有很多人认为先生是个世界主义者，强烈地体现着西欧合理主义精神。他确实博学多识，富有进取性。我年轻时到西洋去，这在第三者看来一定是冒险的事，但先生却极表赞成。我能够作为日德双方交换学生出国留学，固然由于两国文化交流的倡导者友枝高彦先生的协助，同时结城先生也到文化部去为我苦心周旋，这是我后来才知道的。在柏林时接到先生的来信，他提醒说，参观古典的东西固然有必要，但也应当了解欧洲美术发展的新动向。

回国后，我有一段很长时期不为画坛承认，是在暗暗摸索之中度过的，先生多次指出，说我练习写生不够。

"不经过写生，绘画就站不住脚。缺乏这个根柢，就会感到气韵不足。在使作品精益求精的道路上伴随着苦恼，是要碰几次壁的，这时，就要回到写实中去加以修正。"他还说，"细致观察平常事物，就会有非凡的发现。"至今，我依然常常想起这些话来。当我在"文展"上落选的时候，先生为我把盏："我看了展览，某某的画不错嘛。"接着又马上说道："但是如果认为明年还是这样那就错啦。"这些话简直叫人捉摸不透。可不是吗？那时"帝展"变成"文展"，进而变成"新文展"，画坛动荡不止。战争的风暴已经袭来，我不过是这风暴中的一片树叶罢了。

"拿起素描本出门写生去吧，要心如明镜般地观察自然。"先生结束了他的谈话。

那时的情景，现在回想起来眼睛还是热辣辣的。我遵照先生的话，立即拿起素描本踏上了旅途。先生的话语像照亮黑夜的明灯，流贯了我的全身，使我受到强烈的感动。这是后来的事。那时候，战争夺去了我的一切。

我以为，人们未能真正理解先生关于写实这话的意思。他所说的写实决不是对自然表面的描摹。先生是个激进的民族主义者，他具有旺盛的东方精神，尤其对于佛教有着渊博的知识和浓厚的兴趣。

他说："将来，为了求得日本美术的繁荣，必须求得日本国家的繁荣。"

先生在战前繁忙的日常生活中，自己徒步遍访各地，出版了《东京美术家墓志考》。战后对这本书又加以增补，编纂了日本全国美术家和文艺家的墓志。先生拥有的多方面丰富的藏书中，有关佛教的书籍占着很大的比重。

第十二章 回归

回归

舒伯特的歌曲集《美丽的磨坊少女》①开头一首歌是《流浪者》。

Das Wandern ist des Müllers Lust, das Wandern!

"旅行是磨面人的快乐，啊，旅行！"开始是跃动的旋律，最后以《小溪摇篮曲》作结。

Gute Ruh, gute Ruh!tu die Augen Zu!

"睡吧，睡吧，闭上眼睛！"这是一首悒郁的眠歌，根据缪勒二十四首诗谱曲。这首歌讲述了面店年轻小伙计的悲剧命运。他初踏旅途时心中怀着强烈的激动，他和磨坊姑娘相遇，对爱情充满憧憬，后来因失恋而伤悲，终于苦恼致死。他的咏叹这种情景、表达青年人感情起伏的众多优美的歌曲，尽管不如后来的《冬之旅》那般深沉，但却像一尘不染的清冽的流水一般，接连飘起一股股动人的音浪，使我如醉如痴。

《冬之旅》也和《美丽的磨坊少女》一样，是从主人初登旅程开始的。不过，它所表现的是一个失意的男子，经过心上人的家门口，逃离了城市，走上了

---

① 舒伯特于一八二三年创作，与《冬之旅》《天鹅之歌》并称为舒伯特三大歌曲集。

冬日漂泊的旅程。他在雪天的旷野上彷徨不已，迷乱至极，同一个街头求乞的老乐师一起消失在风雪之中。

　　我打青年时代起就喜欢这两本歌曲集。到了德国，自己虽然不会唱歌，但还是购买了舒伯特的几本歌曲集，经常听胡希①灌制的声音粗劣的唱片。到了密纹唱片流行的时代，我又听了胡希重新录制的《冬之旅》和霍特尔②等人的演唱。大概是一九五七年前后，在日本住了一阵子的胡希要回德国，临行时举行告别独唱会，唱了这支《冬之旅》。其后，霍特尔来日时，我又去听了《冬之旅》的演唱。菲舍尔－迪斯考③的作品不断被售出，也是一件可喜的事。由于他的再度来日，以这些歌曲集里的作品为内容举行了独唱音乐会。不用说这使我深为感动。

　　这两部歌曲集所表现的旅行生活，对于人生具有象征意义，使我这个日本人打心眼里产生强烈的反响。尤其像我这样一个长期旅行的人，旅行本身就不是什么比喻的意思，而是我人生道路的真实写照。只是对我来说，不知道诗人缪勒和作曲家舒伯特所意识到的东西是否跟我一样。但我觉得即使在

---

　① 格哈德·胡希（Gerhard Hüsch，1901—1984），德国男中音。
　② 汉斯·霍特尔（Hans Hotter，1909—2003），德国低男中音。
　③ 菲舍尔－迪斯考（Fischer–Dieskau，1925—2012），德国男中音。

黯淡的令人绝望的冬日旅程中，也还是可以得到救助的。因为，旅途上的姿影，正是自己人生的真实的反映。恋爱、富贵和名声，这些闪光的字眼，只不过是一床春梦，其真实性微乎其微。于悲痛中看到真实,似乎不止我一个人。这两部歌曲集的词作者和曲作者，虽然刚刚到三十岁便相继夭亡了，一百几十年后的今天，他们的歌依然为众多人所传唱，在许多人的心灵里产生共鸣。

我在旅途上写下了我自身逐渐走过的道路。我的一本《我所遍历的山河》于一九五七年由新潮社出版了。当时固然受到出版部门的约请，但对我来说却有着重要的意义。我写这本书的目的与其说是供人阅读，毋宁说是我自身的反省。这部作品是我从少年时代到战争终结时期的自传，可以说是在悲痛的深渊之中完成的。

战后，我的人生道路一直顺利，被人们称做画坛的宠儿。然而，我以为，不光是艺术这条道路，当获得幸福的时候不也是可怖的吗？

人人都能适应环境的变化，我的艺术不正应该立足于谦虚、诚实和纯洁之上吗？当然，我并不认为艺术仅仅就是这一点，艺术有着无穷无尽的潜力，这决定于各人的不同性格。世上也有这样的艺术家，他们靠着别人的鼓掌和荣誉声名鹊起，煊赫一时，但也有许多人因此而失掉光彩。我是这样一种性格的人：从小喜爱舒伯特的那部歌曲集，青年时代出外游历，是皮耶罗·德拉·弗朗切斯卡和弗拉·安吉利科拯救了我。

我的胸中并非没有火热的感情。乍看起来我如此沉稳，而我自己十分明白，我像一个着了魔的人。我将这种感情深深埋藏在心底。有一天，在一个集会上，有个画家对我说："东山君，你太克制自己啦。"但我觉得，正因为我能克制住被魔力支配着的自己，才会得到平衡，使我能连续不断紧张地生活下去。被称为"鬼才"的人的一生（这种人多数中途夭折），其感情极其炽烈。我不具备"鬼才"之类的素质和品格，也没有大师的禀赋。但我既然是个画家，也许存在着"鬼才"或"大师"以外的淡淡的影像。我感到我还有一条细小而沉寂的路。

当我写《我遍历的山河》一书时，想起痛苦的年代；我有好几次不能不流下眼泪。因此，看起来似乎曾一度变得色彩强烈、名声响亮的我，又回到原来那种沉稳平静、肌理细致、具有内省特质的方向上来了。管它是好是坏，我只能是我。

《晚照》和《光昏》所表现的正是我自己。当然，由于当时心境不同，作品的调子也起了变化。这两幅作品都先后得了奖，一时忙坏了新闻界。获得艺术院奖时，天皇陛下莅临发奖仪式，接着又赐予宫中陪餐的荣誉。如果我的父母兄弟还活着，他们该有多高兴啊！我实在感到快慰，荣幸。这年获得

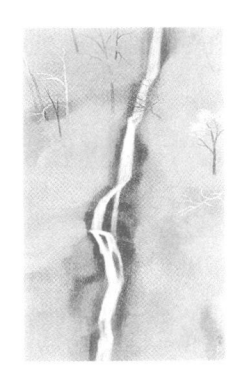

山阴
山かげ　13

木灵
木霊　14

艺术院奖赏的人当中，数我最年少。然而，我又感到，假如我本人陶醉在向我涌来的幸运的波光里，那么也就失掉了我自身最为重要的东西。

一九五七年的"日展"上，展出了《山阴》，小小的画面上绘着晚秋时节后山坡上一条细细的瀑布，是在箱根取材的。这是一幅凄清的构图。画面中央几段细流跌落下来，几棵树木大都脱光了叶子，上面的那棵树仅剩下几片红叶。整个画面呈现黯淡的焦褐色。这是一幅不显眼的画。我又一次怀着倾听自己内心声音的心情描画了那跌落下来的涓涓细流。

《木灵》这幅作品，是我站在伊豆天城山中的净莲瀑前面，透过冬日里枝条交错的树木，眺望那条瀑布所作的构图。画面比《山阴》更带有沉滞的焦褐色，瀑布笔直下泻，树枝交叉成几何学上的直线，这样的构思比起《山阴》更富于积极意义。

不管怎样，经过《光昏》，还有用更大的画面绘制的《松庭》（参加一九五六年夏的"日展"），一跃发展到了《山阴》《木灵》等注重省察自身的笔法，这种作风的转变，正说明了上述那种心境的变化。越过这些，我又描绘了红叶满山的《秋翳》和岛影沉沉的《暮潮》，我的人生之旅在持续下去。战后，人们说我作风一贯没有什么改变，但从我走过的道路来看，却有着很大的变化。这大概决定形式的是我的心灵，而我的心灵又常常促使我出外旅行的缘故吧。此外，这也许标志着我向东方、向日本传统精神的一次深刻的复归吧。

本章开头提到了舒伯特的两本歌曲集，两相比较，《美丽的磨坊少女》以事件描写和心理描写为主要的组织要素；而《冬之旅》中的心理表现色彩十分浓烈。我眼下写的这本书，继从前那本《我遍历的山河》之后，是我二十年来旅程的记述。不过，前一著作以追溯事件的波折起伏为重点；这本书主要通过一幅幅作品，寻觅我心灵的踪影，捕捉心理的脉动。我将来果真还有机会写第三本书吗？这个我不知道，任何人也都不会知道。舒伯特的第三部歌曲集《天鹅之歌》，就是在舒伯特死后汇集最后一部分歌曲而出版的。

赤と黒

第十三章 红与黑

这里的"红与黑"指的当然不是司汤达的小说。一九五八年,首届"日展"展出了《秋翳》,第二年,一九五九年第二届"日展"上展出了《暮潮》,"红与黑"就是指构成这两幅作品的主调的色彩而言的。这一明一暗两相对照的作品,并非有意识这样画的,而是偶然形成的。大概漫游的生活总是和偶然性相伴的吧。还有一件趣事,在我准备绘制《秋翳》的那年秋天,举办了光悦、宗达、光琳三位大师的展览会,他们优美的色彩使我震惊,对此,我画了《暮潮》。这年是一九五九年,春天里举办了法隆寺宝物展,一群被称作四十八体佛的金铜佛像,把我引向金箔黯然的幽寂的世界。不过,这些都不能认为对我那两幅作品产生了影响,这也是一种偶然。然而,仔细窥伺一下我思想意识的底蕴,抑或并非属于偶然。

我很早以前画过一幅小品,满山的红叶,背景衬着蔚蓝的天空。红叶的山峦,映着秋日晴明的青空,黄、赤、朱三种颜色增添了亮度,看起来十分艳丽。也有的时候,我在薄阴的天空下旅行,红叶山峦的每一棵树木,呈现暗红色,寂静地生息着,这样的情景打动了我的心,于是便想抽暇把它绘制出来。将三角形的红叶山峦置于画面的正中央,背景衬以广阔的蓝天,我想这两种颜色会和谐一致的。因此,画面也近似成了正方形。再没有比这更为单纯的构图了。不过，在满山红叶这种单一的红色之中，我总想使每一棵树木的形体和色调来点微妙的变化，以致不失却自然之感。这是一幅在构图和色调上具有明确意图的作品，然而这种结构上的意图并不是主要的，我借此所要表达的是：秋日山峦的红叶在迎来冬天的凋落之前的那种丰盈、静谧的情趣。

　　描绘秋日的风景画，要是送到"日展"上去，由于制作时间的关系，无论如何要在前一年秋天着手准备。看过这幅作品的人，总是问我，这是旅途中常常看到的那座山吧，是日光后山还是修善寺的山呢？每当他们拿具体的山来问我，我就说这是随处可见的山，又是无处可寻的山。这山虽然长满红叶，但我以为更重要的是观者眼睛的角度和山的对应关系。因为不论画成仰望或俯视，山的形状总显得不够稳定。而且每一棵树木必须保持一定的间距，以便能够分辨出来。事实上，我经过了多次旅行总也没找到符合这些条件的山岭。伊香保、日光、汤濑等地方我都去了，最后在上越国境的法师温泉的后山找到了模特儿。实际上那座山也并不特别呈现出三角形来，把汤濑和伊香保的山也参考进来了。就是说，哪座山也不像现在这个样子。然而，讽刺的是，当我完成这幅作品再度旅行的时候，我便常常看到和画面上一模一样的山了。

如上所述，我为绘制这幅作品进行写生时，正值为纪念光琳诞生三百周年而举办光悦、宗达、光琳的展览。灯火明丽的会场里，挂着光悦的和歌卷、乐茶碗，宗达的风神雷神屏风、扇面散屏风、舞乐图屏风，光琳的红白梅屏风以及其他许多名作。金黄和黛黑，朱红和嫩青，银白和深蓝，五彩纷呈，交相辉映。我以为这些作品充分发挥了日本画的颜料所特有的美，以天才的大胆的感受和联想征服了观众。

光悦的展品中陈列着书信、和歌卷、乐茶碗，以及光悦使用过的彩漆画架、彩漆画砚盒等实物。这些展品共同贯穿着醇厚的神韵和可意的美境。一个人在多种领域里留下众多佳作而被指定为"国宝""文物""名画"，再没有比得上他的了。说他是伟大的艺术家、优秀的匠人，都不尽合适。我以为，可以称他为超俗的 dilettante[①]、美的创造者、领袖。没有光悦，怎么会产生宗达的艺术；没有宗达，恐怕也不会有光琳吧。

光悦出生的永禄元年(1558)，正是织田信长大显身手的时候。他一生经过秀吉、家康、秀忠、家光和德川初期，于宽永十四年八十岁高龄而去世。

---

① 英文，意为文学美术爱好者。

在日本史上，这是一个风雷激荡的时代；也是人们凭借自身的价值，开拓命运之路的时代；同时又是町人势力逐渐抬头对抗过去的"公家"和"武家"的时代。

光悦创造的样式及其主导精神，看起来就是将古代大和绘中日本艺术特具的风格更加强有力地发扬光大开去。

宗达的作品，陈列着风神雷神屏风、关屋图屏风、三宝院的扇面散屏风、舞乐图屏风等浓墨重彩的物件和牛图、芦雁等水墨画立屏。面对宗达的作品，使人觉得具有一种狩野派和土佐派所没有的自由放逸之感。古代土佐派的传统作品，虽然也吸收了桃山时期的豪宕之风，但在宗达的绘画里已经跃动着新的创造精神，这一点不是三言两语可以说明白的。他的确创造了前所未有的艺术。站在宗达的作品前边，不由使我想起这样一句话：未曾出现过的东西，永远都是新的。

至于光琳，我最赞叹他的红白梅屏风。两面屏风合为一双，左为白梅，右为红梅，中央大胆地绘出一股汹涌奔腾的流水，极富装饰意味。将两面屏风拼合起来观看，这股流水成了主导，两旁辅佐着红梅白梅。这样的技法正是光琳的精妙之处。流水的底色是黑黝黝的，梅花红白相映，透过金色的屏风和树干，发挥了重要的艺术效果，愈加衬托出画品的高超意境，这是不言而喻的。但是，由于年代久远，颜色起了变化，今天我们所看到的和光琳作画的时候大不一样了。有的说，那水纹是胶水里掺了大量的明矾，在贴敷的银箔上绘成的，底色是经硫黄氧化之后变黑形成的。除此之外，还有种种猜度。水纹的画法确实是个谜，我最初是相信将银箔涂黑（也有人说是墨）这一说法的。我以为这水一开始就应该是黑的，否则就难以理解。就这样，我带着极大的兴趣观看了这个时期的展览会。但是，这些对我第二年画的《秋翳》这幅作品产生了什么影响，有没有直接产生过影响，连我自己也弄不明白。这一年，"日展"脱离了艺术院，变成了社团法人的"日展"，并举行了第一届展览会。杉山宁氏、高山辰雄氏和我参加了审查工作。审查结束以后，在陈列全部展品的时候，已经没有我们三个的适当的地盘了，只好转移到最后一个房间，一同挂在第七室里。提起第七室，谁也不愿意把展品摆在这里。打那以后，我们三个每年都要在第七室的墙壁上一起会面。

翌年的"日展"上展出的《暮潮》，取材于从濑户内海的鹫羽山眺望柜石岛的景色。那年二月进行了第一次写生。濑户内海虽为内海，但气候寒冷，海水呈灰色。为什么前一年我在《秋翳》中画了红色的山，这次又转而画黑色的岛屿和灰色的海面呢？是冬天的印象影响着我，还是我对水墨画很感兴趣、也想用黑色试一试呢？

前面已经提到，柜石岛是我祖父以前世世代代居住的地方。不过，我画它和这个没有丝毫的关系。纵长的画面以海岛为中心分切成上下两部分。我喜欢在水面上描绘潮的流动，我想把潮水的流势处理得不太显眼，使其带有一种神秘的感觉。一开始我就想把海岛画成青绿色，使青、灰两色形成对比。大概我在画《秋翳》时，将红、灰画成了对比色，这回就很自然想到青、灰两色的对比了吧。不论是单纯的构图还是色彩的对映，都和前一年画秋山时立意近似。但是，当我绘制草图时改变了主意，把海岛处理成黑色的了。因为，我不满足于用青、灰这两种鲜明的对比色将画面分切开来。我把海岛连接水面的底线画成一条直线并向右上方倾斜，是想给海潮增添些动感。如果画面中的海岛浮在水平线上，那就是个蹩脚的构图了。岛的颜色并非单纯的黑色，而是带有紫金的色调。下面充分运用了说明性的手法，使人能分辨出地势和树木。我一个劲儿浓墨重彩地涂抹着，乍一看，就像一团黑疙瘩。水流的底面先涂一层银白色，然后再加上一层橘红色，于是银白色一点也看不见了。因为没画好，只得水洗了一下，这时才能看出一点微微的亮光来。这是我最伤脑筋的一幅作品了，因为水流部分没有很好表现出来。眼看就到展出日期，我只得断了送展的念头。

我给会场打了电话，这时审查主任中村岳陵先生正好在场，他对我说：

"这是你个人的看法，还是下决心送来吧。"

我只得送去，是好是坏由它去吧。说不定苦心孤诣完成的这幅作品，会带来我所未曾预料的结果。

绘制这幅画之前，国立博物馆展出了一八七八年法隆寺献给皇室的三百多种珍贵文物。这些都是从法隆寺创建时起，经过一千三百年岁月保存下来的寺院珍宝的一部分，有著名的圣德太子的画像，被称为绘殿屏风的圣德太子绘传，此外还有在展览会上富有最大魅力的金铜佛像。这些可爱的佛像，小的仅有二十厘米，大至四十七厘米。如来、观音、弥勒，多种多样，三尊佛、立像、座像、半跏像，还有浮雕式的佛像，千姿百态。其中有的具有生动的形体美，使人联想起近代的雕刻艺术；有的带着幼儿般的微笑，显得天真无邪。

阿弥陀三尊浮雕已蒙上了黯淡的铜锈，但从中仍能看出金色的光亮，似乎潜隐着普度众生的幻影。

《暮潮》没有直接感受这次展览会的影响，但那黑色的底部敷以金箔，上面涂上岩石般的黑红色，又能使人微微窥见金箔的部分，这技法也许是无意中受到了一些暗示所致吧。不过，这幅《暮潮》的立意，依然是想脱离濑户内海原有的明丽的色彩，于黯澹的境界之中描绘出海岛和流水等自然界的神韵来。

暮潮

暮潮

　　光靠二月里的写生还不满意，于是夏天我又到鹫羽山作了一次详细的写生。旅馆前面就是海水浴场，孩子们整日在这里游泳，嬉戏。写生行将结束时，妻子也赶来了，我们在岛上巡游、垂钓，像平常一般愉快地度过了濑户内海明媚的夏天。后来我常想，我在作画中吃尽苦头、迟迟不得进展的时候，也就是经受惩罚的时候。这也难怪，据说艺术之神本来就是嫉妒心很强的神啊！

冬の東京

第十四章 冬天的东京

很久以前，我就想以东京为主题绘制一套组画。我一向是描绘山野的自然景色的，像东京这样的城市，我并不以为有什么美，那么我为何要画它呢？举行过奥林匹克运动会之后的东京，比起前些时候，高速道路和建筑群初具规模，似乎变得漂亮多了。但我并没有心思描绘今天的东京。东京这个城市瞬息之间发生多大的变化啊！当时所作的有关东京素描画里，有的已经找不到过去的踪迹，有的完全改变了模样。

自从有了描画东京的念头之后，我有时去走走，作点写生，渐渐地，在我心中形成了一些影像。冬日时节的景物和一个遭冷遇的人的眼睛汇成一体，终于化为一组作品。

我没有真正的故乡，少年时代是在神户度过的，我对这个海港怀着乡愁之感。我在东京进入美术学校之后，虽然距市中心较远，但总算是住在东京，直到战争正酣时为止。战后移居市川市，这里也是东京都的延伸，东京的柏油路下，至今依然埋藏着使我时常追悔的隐隐的爱情。青年时代的我，每晚都漫步在寂寥杂沓的人流之中。望着那些摩肩接踵的人们的阴郁的面孔，我越发感到堕入黑暗的索寞的深渊里了。我终于拖着疲惫的身子逃离这座都市，走向远山和高原。我在那里深深呼吸着清泠的大气，满怀情爱地同亲密的树木谈话，终于又带着复苏的心情归来了。那是上野或新宿，车站上的红绿信号灯闪闪烁烁地迎接着我，奇妙地牵系着我的心。站在站前杂沓的人群里，望着楼房玻璃内霓虹灯耀眼夺目的红焰。它像一团火，仿佛告诉我：你是无法逃离这座城市的。

　　如今，我从事着多多少少为世人所熟知的工作。我漫步在东京的街头，也许和那些过去给我带来忧郁的人们一样，有着一幅明朗的面容吧。可是，我只想把东京画成一座寂寞冷清的城市。至今我依然感到我是带着越来越孤独的身影走在东京的街头。为什么呢？东京高度地膨胀了，来往的人群发出喧骚的足音。一切素雅、柔润的东西都不露踪影了。空气污浊，街树凋残，国籍不明的招牌到处泛滥。我为何还要描画这样的城市呢？因为，无论自然风物还是城市街头，既有各种各样亲切拥抱我的景象，也有带着苍白的表情、拒我于千里之外的景象。城市也是如此，我反而喜爱小小的古镇。东京在不断的变化中生存着，经过地震的袭击，战火的焚烧，它像不死鸟一般从灰烬中站立起来了。它的巨大的能量，它那急遽发展的速度，似乎已经远远超越作为人们良好居住地点的界限了。

　　人们建造了这座城市，人们又难于住在这座城市。这是怎么一回事呢？

正如杜卡①的那个"魔术师的弟子"一样,当水桶在魔力的支配下自由转动的时候,他得意忘形,差点被淹死了。停止!停止!尽管这样大喊大叫,也根本不会停止。汽车的洪水淹没了东京。林立的大厦压抑着人们,溜留的污水又臭又黑。

然而,时时吸引我的景象也并非绝无仅有,自然的风景固然如此,即便在这个混杂的大都市中,随处也能遇到驱散我的寂寥的情景。用一切都和我共存的目光细细观察起来,哪怕是弃置在街角的垃圾桶也会和我息息相通。人间建造的巴别尔塔,用大自然的眼光看起来也许就像蚂蚁塔一样渺小。我要画出我的东京来。所以,画面上既没有人也没有车,只有幽雅恬静的街树和建筑。

绘制组画,由于构图和色彩的变化关系,不大容易做到称心如意。我选取了东京风景里的十二景:坐落在青一色空气中的赤坂离宫的大门;挺立于冬日灰暗天空的东京塔;微紫的薄暮里、霓虹灯闪烁不定的新大桥;凋枯的银杏树背后衬着红瓦建筑的东九号馆;皇城根的晚照;被天窗分割开的空间里的街头;东京塔鸟瞰;黎明时分的填海地;树影交错的东大校园;雪落之

---

① 保罗·杜卡(Paul Dukas,1865—1935),法国作曲家。

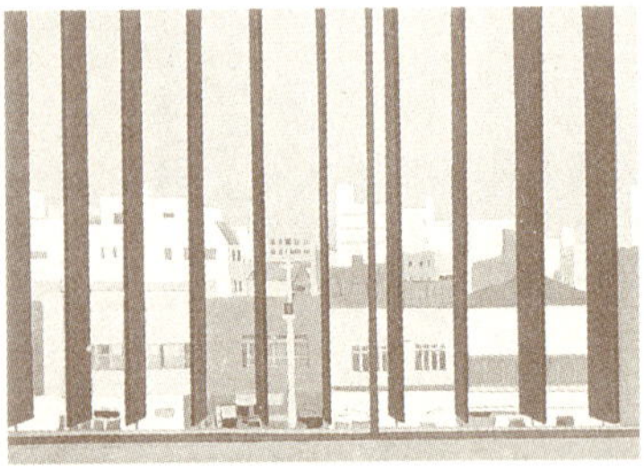

东京塔
東京タワー　17

远处的霓虹灯
遠いネオン　17

窗
窓　17

门
門　17

皇宫护城河
お濠端　17

东京大学校园
東大構内　17

中的圣尼古拉斯教堂；林间隐约可辨的宫殿式饭店。一律采用小幅画面，加以精巧的印刷，附上随感文章，由座右宝刊行会限额出版四百部。作品虽属组画，但均可一一独立成篇，可分别供许多人收藏。因此，我想把画集《东京》，作为一套完整的作品留存下来。

附录于画集《东京》的随感文章，是从一个冬日的午后写起的，那时我作为旅行者和旁观者来到了东京车站。

太阳似乎落山了，空中明净，澄澈，地上不留踪影。眼前的高楼变成巨大的矩形剪影浮上天空，每扇窗户里的荧光灯排成一条白线，尚未散射出光亮。人群钻出地下道，横穿过电车道走过来。公共汽车站也有一团人排着队。这些人群中没有我的姿影。反之，在我心中，他们的姿影也逐渐淡薄，最后只有寒风吹着空无一人的广场。这时，我忽然发现一直未曾注意过的街树，茂盛的枝条参差交互，广场四周的楼群，带着深深的沉默，一齐包围着我。

其后，我在新桥饭店住了四五天，无目的地彷徨于东京的街头。我的内心怀抱着一个现实和虚妄互相交叉的世界。

我走出饭店，在有乐町一家窗内饰满彩灯的餐馆用了晚餐。霓虹灯的火花明灭回旋，升腾流转。这究竟是在干什么？莫非为了加深这大都市的夜的寂寥，人们每晚都在燃放焰火吗？

电梯在一分钟内把我送上高出地面一百二十米的空间。向下一望，一片闪烁的灯火，流动着汽车的光河。估摸着那一带是新桥车站，列车正在驶过。我蓦地想起旅途中乘坐夜车穿越山谷小站的情景。黑暗里，一幢孤零零的房子里点着电灯。于是，我立即联想到房中主人的情形。昏暗的灯光下，浮动着全家人的面容和身影，原来这里也有人生活啊！如今，我的眼下闪耀着万家灯火，仿佛一片旷野之中，只有无数灯光在辉映。

来到两国桥，忽然泛起乘坐"水上汽车"的念头。我怀疑如今是否还有。沿着仓库间狭窄的甬道走到河边，只见卖票处坐着一个神情冷漠的女子。我买了票，坐在候船室污秽的椅子上等着。对岸排列着柳桥的食品亭，国营铁路的铁桥悬跨在头顶上。卖票处的女子走来，挥着小红旗。船到了，除了司机和一位青年船员以外，别无他人。

"到哪里去？"那青年问道。

"到新桥。"我回答。

"这船每天都有吗?"这次该我问他了。

"冬天只是星期日有。"青年回答。

深夜,拉开窗帘向街头眺望。灯光消失了,天上没有一丝云彩,月亮朗朗地照耀着。

黎明时分我做了梦。似乎是神宫的外苑,树林里新叶簇簇,人们轻装艳服,会聚在草地上。我也是其中的一个,也能很好地合着节拍起舞。然而,我时时带着极其忧郁的心情窥视着树林深处。因为,虽然我明明应该呆在这儿,但我又必须到那儿去,想到这里,我醒了。

早晨起床,仿佛觉察出一种静谧的气氛。我怀着期待的心跳打开了窗户。正如我预想的,外面一片白雪。这是饱含水分的鹅毛大雪。透过灰色的轻纱,可以看到迷蒙的街景溶入了背后的天空。

近午,我走出旅馆,驱车到御茶之水去。圣尼古拉斯教堂灰色的剪影,站立在雪天之中。那浑圆的屋顶和富有特征的钟楼,看上去两相映照,默默无言地互通心曲。通向骏河台下方向的大斜坡两侧,银杏树高高耸峙着挺拔的枝条,惹人注目。

桥
橋 18

远望议事堂
議事堂遠望 18

东云风景
東雲風景 18

树间
樹間 18

东九号馆
東九号館 18

圣尼古拉斯教堂
ニコライ堂 18

从信浓町站进入神宫外苑，左首一隅便是我喜欢的场所。不知打何时起，这里为孩子们设置了秋千。放学归来的两个孩子，跑到秋千旁边，摸了摸走过去了。我想起了今天早晨的梦。宁静的树林里，树枝带着雪花参差交错，使人联想起夏阳辉映、绿叶摇翠的姿影。

接着进入新宿御苑。草地一片青白，三棵百合树互相依偎着，高高耸向天际。站在新宿车站南口的铁桥上，可以远眺杂沓的里街和代代木的森林。这个地方令人产生索寞之感。顶篷戴着积雪的货车悠悠驶过，目送着它的远去，我的东京漫游也就从此结束了。

我回到饭店拎起行李奔向车站。红砖墙的派出所周围长满了法桐树。我依依难舍地望着它孑然兀立在白雪之中，然后拎着行李，背着照相机，走向车厢门口。回头一望，大雪纷纷，人影憧憧，一片迷蒙。刹那间，我发觉那些幻影般的人们和我有着许多可接近的地方。我们共同生活在被都市的巨大齿轮紧紧咬合而不得摆脱的状况里。我不能做一名旁观者。那些人生活在广场上，我满怀热情眺望了一阵之后，便踏进车厢，就像要永远离开东京一样。

　　我从随感中摘录了几个地方。使我意想不到的喜事是：川端康成先生为我作了一篇优美的序文；十二件作品于十二月间在银座的弥生画廊展出了，这些作品多数被亲友们收藏了，川端先生收了《皇城根》，已故的花柳章太郎氏收了《黎明风景》，小津安二郎氏收了《赤坂离宫大门》。

日月四季

太阳、月亮、云、山，一次次浮动着，变换着位置。这些都化作金色的幻想，不分昼夜在我头脑里闪现。春天的山、太阳，夏天的虹，秋天的山、月亮，一起裹在浩大的云海里流淌——

一九五九年十月，宫内厅委托我为新建中的东宫御所绘制壁画。那正是我画完那幅色调灰暗的《暮潮》的时候，也是我刚完成以冬日寂寥景象为内容的《东京》组画，准备举办展览的时候。御所的建设按照谷口吉郎先生的设计正在继续进行，我从报纸的报道里也知道这些消息。但是，壁画的事使我感到很突然，鉴于这件工作责任重大，我首先详细问清楚了悬挂壁画房屋的用途、画面的大小以及制作的期限等问题，这才应承下来。

宫内厅的高尾亮一先生，还有谷口先生，到建筑现场和我商量，我对壁画之大甚感惊讶。壁画入住的场所是一座宴会大厅，壁画将高出地板三米，自东向西，环绕大厅一周。灌注混凝土的工程刚刚结束，落成之后怎么样，只能凭谷口先生的介绍想象一番。至于题材，宫内厅只要求主题为风景画，此外未提任何条件，其他一任作者的自由。这虽说是着手这项工作的最佳条件，但因而也就变得责任重大起来。壁画，固然是独立性的制作，但也需要考虑和这座建筑的关系。

按照这座建筑的设计师谷口先生的构想，我感到，这种以实用为主的现代化的简洁形式，蕴含着一种日本式的亲切意味和古典的梦幻。与此相调和的壁画，不同于过去任何形式的隔扇画，而且，其中必须充分体现出丰富的日本传统美来。

壁画画面的实际大小为：宽二十二点五〇米，高二米多，是长而且大的巨幅壁画。不用说，我至今未曾画过这样大幅的绘画。平生所制作的都是小幅画，即便"日展"的参展作品，战后也没有画过太大幅的。我画画从来不用助手，我琢磨，要独自完成这幅大壁画，具体着手绘制需要一年，事前的构思、组图等，也要花上半年时间。然而，给我的全部期限是六个月左右。细想想，我只能认为是不可能的了。因为画面巨大，实在无法制订计划。

我一时迷惘起来，结果，我还是接受了这件对于我来说十分困难的工作。因为，我被高尾先生全部由我作主的许诺，和谷口先生对这座建筑的热情深深打动了。不过，更要紧的是，当我面对粗糙的混凝土大墙时，即将诞生的壁画的意象便油然而生，从而激励着作为画家的一腔热情。奇怪的是，从开始看到这块墙壁的瞬间，就展开了《日月四季图》的构想，直到最后都未曾改变。

战后，我一直探求着日本美，我的挚爱之情没有比这个时候更炽热的了。日本现存的隔扇画，首先浮现在头脑里的是桃山、德川初期那些绚烂豪华的作品。这是于贴满金箔的表面上，以群青、绿青的浓丽色彩和强烈的墨线，制作而成的装饰性的花鸟画。这些画由于时代的锈蚀与剥落，格调愈趋高雅，自我夸示，呈现着压倒京都书院薄暗的墙壁的效果。少年时代，我站在樱花和枫叶的隔扇前，感到精神昂扬，至今依然如故。那些为数众多的大作的诞生，反映着那个人人尽情发挥能量的时代，堪称日本民族的骄傲。然而，所有这些，不但使人感到艺术的馨香，而且有时既可以从中感到对于空漠的威压和矜夸的反叛之情，有时又反映着作品委托者的英雄意气和权力者的恶劣趣味。但是，这次东京御所的壁画，其性质没有必要作任何的夸张。还有，自室町以来的水墨画，格调幽玄而高迈，以其严谨令我迷醉。不过，我以为，这种风格也不适合青年皇太子的御殿。

这次的壁画，因为高悬于巨大横栏的上方位置，要是色彩和线条都画得很强烈，就会使得人们觉得压在自己的头顶上，从而产生不快之感。本来只想画上金砂子的云霞就可以了，但是壁面广大，光凭这个显得单调，还是不能只有某种形状和色彩就算完事了，必须具有象征自然生命的内容才行。

一开始就有这样的直觉，以为既然位于头顶之上，画面的大部分可以用来表现天空。况且，房间朝南，面向美丽的庭园，壁画悬挂在东、北两侧的墙上，随之决定：面对墙壁自右向左，也就是自东向西，使得雄大的云层和霞光缓缓流动，象征性地表现出春、秋、冬日的山顶、夏季的彩虹、早晨和夜晚、季节的推移、作为永恒表象的太阳和月亮，并将这些作为构图的要素。因而，必须考虑这些要素的配备位置和表现方法。

太阳、月亮、云、山，一次次浮动着，变换着位置，这些都化作金色的幻想表现出来了。这事发生在我考虑构图的时候。这个时节，还有一桩偶然的事情，正在我日夜凝神静思的当儿，西本愿寺的《三十六人家集》几乎全部在根津美术馆展出了。那时制作的最美丽的料纸①上，以流丽的笔致写着三十六位歌人的和歌。这部歌集，是平安末期的宫中之作，下赐予西本愿寺，到一八九六年被发现之前，一直躺在本愿寺黑暗的书库里。指定为"国宝"的前一年，其中的《贯之集》和《伊势集》两册，被分别出售，故而称作"石山残篇"。当时，由田中亲美先生将这两册精巧地复制出来，限定发行二百部。我曾经见过一些石山残篇和这种复制本，但是看到全部

---

① 经过特殊处理的和歌或绘画的专用纸张。

《三十六人家集》的陈列，这还是头一回。恐怕这类事至今从未有过，因为文物容易受到损伤。

我再一次睁大感叹的眼睛。虽然不能脱离书体之美单独考虑纸张的好坏，但是我作为一名画家，却被这无与伦比的纸张强烈地震撼了。涂有一层胡粉的唐纸的表面，用云母印着定型的花纹，这种染纸高雅的色感，所绘制的花纹和草图微妙的韵味，金银箔和砂子非比寻常的效果，特别是"拼纸"的技术和感觉尤使我惊叹不已。这些都证明了纸的美丽已经发挥到极致，这种温馨的优雅的情味，是日本式感觉的最高表现。

我们不能将此称为平安时代末期的贵族趣味。料纸的制作功夫与和歌书体的调和美，随着平安时代的灭亡，一起从地面上消失得无影无踪了。它不是早已化作一股地下水，一直流向以后的时代，变成光悦、宗达之泉，更加丰沛而强劲地流溢出来了吗？捕捉自然的生命的画作，通过自由的笔触，被描画在宗达的料纸上，和劲健的光悦之书共同演奏着美丽、动听的乐章。

我打算将《三十六人家集》这种纤细的感觉，通过某些形式，再现于这幅东宫御所的大型壁画之上。当然，现代有现代的感觉，我们生活于其中。以前，我绘制《谷间》还有《秋翳》这样的作品时，根本没有考虑过古代大和绘和《三十六人家集》的影响，可是这回，我便有意识地将这股水脉引入现代制作中来。

一月初，我完成了相当于画面实际尺寸十分之一大小的精密的草图。利用前期准备的空闲，我去了一趟京都。虽然是持续的晴天，但却时时看到北山方向细雪飘舞，烟雾溟蒙。御所和大宫御所、仙洞御所之庭、桂离宫、修学院离宫、二条城，还有养源院、智积院、青莲院、三宝院、大德寺，以及其中的诸院、南禅寺、光悦寺、曼殊院、清闲寺等各处的环境，我都看了，逗留了好几天。有的是我过去多次来过的，也有的是初次造访。

这次旅行使我清楚地感到，大和绘和《三十六人家集》料纸上所见到的装饰性的风景、宗达的松树以及山岭的形象，也就是东山和鹰来峰一带现实的风景在感觉上的表现。这次绘制壁画，本来对于装饰性的构图和表现抱有一种漠然的不安，但这次旅行使我对此有了坚定的心理准备。这不单是装饰效果所需要的变形手法和色彩配备，同时还有充满活力的精神自觉。纤细优美的平安朝的感觉，如何才能摄入巨大的画面之中，此种不安，也由于京都的山峦自身所显示出的宽容的姿态而消泯，使我勇气倍增。

我决定将这幅壁画和下面排列的白色的木板，对照起来加以考虑，利用金色统一格调。大量使用金泥、金箔和金砂子，有时会和恶趣仅有一纸之隔，但是由于材料具有最强固的耐久力，可以产生富有品位的效果。我一边撒金砂，眼前浮现着下面的情景。

　　静谧的夜。四面蛙声不绝，越发加深了夜的岑寂。戴着黑色灯罩的黯淡的电灯光下，透过细竹筒底部的金属网，金箔变成砂子，如美丽的生物一样，纷纷飘落下来了。涂着一层薄薄胶水的濡湿的纸面，在适当的湿度上，砂子金箔轻轻飘落下来的瞬间，仿佛一下子就被吸附住了。然后用压纸加以固定。

　　这是甲府郊外落合村农家的一座住宅，正逢战争进入最后阶段的时候。撒砂子的是我的岳父川崎小虎。我一直带着神奇的表情看着。我被点名从高山叫到东京，归途中路过川崎家疏散地，这时不知岳父在想些什么，他说要教给我撒砂子的方法，就亲自表演给我看。

　　"简直就像夜店的商人，爸爸。"川崎家老二、正在读初中的春彦脱口而出。

　　父亲一本正经地说："我已经上了年纪，铃彦入伍了，我想把日本画的技法多少教给你们一些。"

　　铃彦是川崎家的长子，正在读美术学校，半道上应召上了前线。我也是今天不知明日的命运如何。事实上，这之后不久我也被召集应征了。父亲用沉静的手势，不慌不忙撒了几次金箔砂给我看。

日月四季図
日月四季図

19

而今，我在巨幅画面上撒满金箔，绘制了太阳、月亮、云彩。川崎小虎的两个儿子也都成了日本画画家，各自走着自己的道路。和平，是多么难得啊！而且，日本画作为流派，一边随时代不断变化，一边代代传承下去了。这也使我感到欣慰。

用金泥充分打好云霞的底子，然后在上面撒砂子。接着再涂一层金泥，再撒砂子。反复好几次，以此加强厚度和肌理变化。春天的山用绿青、茶绿、群青制作色面，秋天的山用朱土、紫金、茶系统的矿物颜料，冬天的山用胡粉、白群，然后分别撒上金箔、金砂，再把金泥掺在颜料里，以此抑制过强的色感。

太阳用朱土涂成红色的底子，上面添加金泥，再厚厚涂上几次砂子，就算完成了。彩虹用朱色掺上胡粉打底，用黄绿、白群描出轮廓，再涂上一层薄薄的白金和金砂。月亮也和太阳一样，先涂上几次白金砂，使之放射夕月的光芒。

一九六〇年四月，壁画完成了，从画室运到东宫御所，安装于指定的墙壁上。虽然那天正逢雨日，但金色的画面散射着强弱得当的光彩，将室内映得一派明丽。

我把这幅壁画命名为《日月四季图》。

厳しい道

第十六章 严酷的路

这是明治画家菱田春草的一幅画。

月夜里的一座山峰，先用水墨描出，将胡粉调以青墨，运用浸润和干皴之法绘成，然后再用金泥稍稍加深韵味。由于倾心于自然，因而能从遥远的底层听到鸣响的音律，或者说自我深奥的内心世界，因了自然的某一景色变得具体化了，这就是东方式的沉潜的画境啊！

"这是打日本送来的吗？"我当时向来柏林的日本学会主事友枝高彦教授发问。

"不，是在柏林弄到的。"友枝先生回答。

这是一九三四年某一天，在柏林日本学会的一间房子里的事。因为前一天有个德国人要买这幅画，于是就拿到这里来了。

友枝先生似乎很得意，他又取出一幅，这是大观的作品，天空广阔，河岸画得很低，两个正在步行的渔夫点缀其中。梅雨天空的表现显示了独特的匠心。这两幅画是在同一时期绘制的，均可看作是所谓朦胧派时代的作品。不用线描，而在氛围的表现上倾其全力。

春草、大观，青年时代随冈仓天心外游（约为一九〇四至一九〇五年），这画看样子是在美国时送给一位照顾他们的画商的。友枝先生回忆说，外游时他和他们在一起，在美国办展览时，他担任讲解。三十年后，这些画在德国又偶然进入友枝先生之手，真可以说奇缘巧遇呢。

我在西洋生活的时代见到这些作品时，感到日本人深沉、浓重的自然观是很独特的。同样是在柏林的费尔卡·昆德美术馆，在日本绘画中，当我看到背景只有一只墨色的小船，一棵纤细的小树，枝头带雪，雪与小树枝呈锐角形的时候，也曾有过同样的感觉……

一九五九年秋天，当有人托我写一篇关于春草的感想时，脑子里首先浮现了这样的情景。后来想想，我在西洋看到春草那幅月夜山景的画作，并非只是当时的感慨，而是对我自身生活方式的一种启迪。为什么呢？因为偶然一次看到那些画，便一下子记在心里，至今经过三十多年了。抑或在这漫长的时间里，每当我的记忆渐次淡薄的时候，我便增添一层幻想，五次三番，用我自己的笔墨描摹那月夜之山的缘故吧。并且，以一种和初见时迥然各异的形象存留于我的心间吧。

请我撰写关于春草的文章的，是一家与春草故乡有缘的《信浓教育》杂志。我和这家杂志的人素昧平生，可当时他们热情难却，一定要我写一篇相当长的随笔。这是因为我很喜欢春草的《落叶》和《黑猫》，对于这位三十八岁早逝的天才怀着深深的敬仰。执笔时，我又做了一点调查，发现许多意料中的事情。春草逝世是一九一〇年，我出生是在两年前的一九〇八年，对那个时代自然一无所知，而且过去也未曾专门研究过春草，即便谈到我的春草观，也只是略见皮毛。然而，《落叶》和《黑猫》出展时，我从画面的每个角落全神贯注地看了一遍。对于一个画家来说，假如画就是他本人，那么我就等于站在春草面前，看到了真正的春草其人了。我想，我也应该有自己的春草观。

明治三十年代，春草从外游中获得了什么，我全然不晓，但有一点不容忽视，那就是他以此为起点，作品里开始出现了装饰性的色彩处理。大概他看到外国的作品，想到日本的颜料、纸张、绢丝的材料，还有日本的民族性格，不大适合追求自然界新鲜的实感，而认为装饰性的表现有其特长吧。他归国之后，同大观联名，发表了题为《关于作品》的主张，其中，表达了对于宗达、光琳深切的向往。

绿青、群青一类颜料的性质，的确适合于装饰性的表现，但是以自然为对象时，装饰性往往有着稀释生命感的危险。不过，古代大和绘和琳派的名作，乃至春草的《落叶》、《黑猫》，给人的感觉，不但不会因其装饰化或装饰性而减弱所表现的生命感，而且还会进一步使之得到强化。可以说，这些名作的秘密就在这里。深邃的自然关照，充实的人间情味，还有高超的表现技巧，所有这些，都使得这种矛盾得以克服，并且进一步获得了高度的提炼。

一九〇七年第一届"文展"的《贤首菩萨》，一九〇九年第三届"文展"的《落叶》，两相对照，《贤首菩萨》和《落叶》尽管中间相隔才两年岁月，但这其中却出现了相当大的鸿沟。春草正是由于跨越了这条鸿沟，才产生了最后的两篇杰作，不是吗？正是这两篇作品，使得春草名垂青史。两作都表现了春草独自的沉稳的画风，前者所试用的点描式技法，在《落叶》中表现树干时得到全面的发挥。尽管有着这些相似之点，但春草在绘制这两幅作品时的心情，却产生了很大的变化，这一点不能不给予留意。《贤首菩萨》的时代，可以想象当时这种形式的人物画相当流行，但这可是获得则天武后赐予金狮子的华严宗的开山祖——贤首大师的像啊。与此相对，《落叶》却是普通的自然界的一个角落，整个画面只是几棵栎树的树干，还有满地飘散的落叶。

但是，由晚秋栎树林子的树干和地面的落叶构成的画面，却有一棵小杉树和一棵小朴树。一绿一黄，相映成趣，为这仅由树干构成的横长的画面突出了重点。简素的构图将这六曲一双的屏风统摄起来，又画了两三只小鸟，然而听到的不是小鸟的啼鸣，而是响彻心底的秋声。

春草于明治一九〇八年，也就是绘制《贤首菩萨》的第二年，患了有着失明危险的恶性眼疾。他告别了一直在五浦共同起居的大观、观山，回到了东京。翌年，取材于代代木自家附近的栎树林，绘制了《落叶》。

春草过去历史画和宗教画居多，春草自身的特征表现得很充分，是优秀之作。但有些作品似乎在技法上受到观山、大观相当大的影响，天心的理想在画里也表现得十分强烈。天心也许是伟大的领袖，是春草绘画的养育之父，大观则是激励春草，使之斗志昂扬的伟大的朋友。但是，他们二人都和春草性格不同，春草太真实，过于自我化了。在这一点上，也许完全没有必要远离他们两个吧。此外，给予画家最大打击的眼疾，也许在春草心里造成一种预感：上天为自己完成画业所赐予的时间已经不多了。因孤独而得到净化的精神状态，抑或于秋日寂寥的栎树林里，谛听到永恒的自然之声吧。《黑猫》作于《落叶》的第二年，狭长的画面，一棵叶子枯黄的柏树，树干上趴着一只黑猫。猫的身子一抹黑，眼睛闪着异样的光芒，盯着这一边。柏树的叶子使用金泥，黑色和金色协调一致，于紧凑而简洁的画面上演奏着丰腴的音律。较之《落叶》更富于装饰性，而且更增添一层锐敏与光辉。相继发表这两幅名作的春草，次年便与世长辞了。

我被责成抒写关于春草的文章的第二年——一九六〇年五月，又受委托撰写关于村上华岳的回忆文章。华岳也是我尊敬的画人。在这之前的一九五六年，华岳和佐伯佑三两人的遗作展在松屋举办。我以前从未有机会系统地看过华岳的作品，这回终于被深深地感动了。接受写稿的委托之后，我看了载有华岳日记的画集，对华岳进一步加深了认识。

——波浪撞击着堤岸发出声响，河水啊，你日夜不停流向何方？"我流向大海。"到了大海又怎么样呢？就这样没完没了吗？"我会变成水蒸气，变成雨，再流成大河，和眼下一样注入大海。"河水啊，你究竟为了什么？这不是徒劳无益吗？"我不知道为什么，唯有这样做才是我的喜悦。"——

——无限，凭借喜悦之锤，可以测知它的深度。——

考其华岳的生涯，他渐渐离开光明而平坦的道路，独自走着一条纤细、险峻的小路，没有一个同行的人。其中，一是华岳本人的希望，再者也可以说是命运。华岳一开始走的是最为风光的道路。他出身于大阪有点儿来头的人家，十四岁进入京都市立美术工艺学校，二十一岁，作品《驴子和夏草》出展第二届"文展"，荣获三等奖。翌年进入京都市立绘画专门学校，二十四岁时，以毕业创作作品《二月里》入选第五届"文展"，受到表彰。第十届"文展"上，作品《阿弥陀》获特等奖。起初，因父亲的照顾，生活是有保障的。社团里有以土田麦仙为首的众多的优秀画家，随着国画创作协会的成立，华岳也参加了丰富多彩的活动，陆续发表了《圣人之死》《日高川》和《裸女》等作品。

可是，这个时候，华岳的道路完全改变了，从《裸女》发表的第二年起，他的老毛病哮喘逐渐加重，一九二三年，离开京都，回到神户，在六甲山麓的芦屋隐居不出。当时，华岳三十六岁。

对于华岳来说，摩耶、六甲一带的连山，就是他所向往的风景。离开京都，使他甚为苦恼，他太挚爱京都了。斩断世间的联系，不是那么简单易行的事。这不是一时的疗养，是需要下很大决心的。华岳投入这座山岭的怀抱，他朝夕祈望，终于为自己找到了一块灵魂的安息之所。

——我决心抛弃自己。我想我别无出路。我再也不要回到现世中来了。

我对这个世界没有任何要求。我的最大的欲望，只是想安安静静地埋头工作。——

一九二七年，他回到神户花隅的旧居，一直住到一九三九年死去。

在这里，华岳和我之间，表面上看不出什么，可是却有一条蛛丝般细小的连线。我的家，当时位于神户的西出町。我在美术学校读书时，放假回家听人讲起花隅的色街里，住着一位画佛画的画家村上华岳，我感到很奇怪。元町大道上的美术商店等处，经常悬挂华岳绘制的山丘小品画。年轻的我，对这位画佛画的华岳，没有什么特别的兴趣，然而这些风景画却有一种力量，紧紧抓住我不放。我强烈地感受到，一个来自孤独灵魂底层的声音，挽住我即将走过的脚步，在向我絮絮低语。

——我们这些艺术家，只能独自歌吟。假若有人倾听，那当然很好；即便无人倾听，也不必牢骚满腹。——

抑或这就是初会吧，因为在艺术上，只有作品才是沟通彼此心灵的桥梁。华岳的作品没有一件是大声疾呼的，他的虔敬的创作态度里总是贯穿着严格的内省。那时候，漠然刻印于我胸中的华岳的气息，至今不是依然占据着我心灵的一隅，经年累月磨灭不掉吗？

花隅还有几座房屋，他在日记中说："几间破屋，艰难地维护着我的艺术贞操。"华岳住在这里，一边同年年加重的疾病苦斗；一边斩断和画坛的交往，一心一意沉潜于自己的内心世界，继续创作。对于华岳来说，他也许以为，京都时代优秀的画团组织，以及自己和同伙们一起策划举办的新型展览会，非但毫无魅力可言，而且还给他平静的心灵带来阻碍和麻烦。

华岳仰望着摩耶和六甲山，描绘着自己心中的山峦。董北苑、米元晖、王淑明、王蒙、石涛等人的作品，可以说并非一种笔墨游戏，而是具有仔细观察自然的充分的写实根据。但是，华岳的风景画，并不属于南画的范畴，它具有某种特殊性。即使是佛画，那简洁的线条勾勒亦储聚着深刻的内涵。观其手法，在有些过程之中，因纸张而湿润的笔调，采用矾水加以抑制，再反复进行加工。擦拭的纸张如毛细血管一般，紧紧吸附着画笔，演奏着神经质的梦幻般的曲调。不仅用黑墨，有时也使用烧银的墨色和粗分子的颜料。作品自然都是小品画，其创作态度是：今日一点，明日一线，即便添加落款，也要默想数日，迟迟不肯落笔。

结果，华岳没有成为"大师"级的人物，然而，他不正是在失去"大师"资格的同时，全面开创了发挥自己才能的独特道路吗？他说过："自己是个生活最为严谨的艺术家，刻苦修行的画家。"人们也应该这样称呼他。而且，被称为"大师"的人的作品，即便褪色也还是越来越大放异彩的，华岳也留下了这样的画作。

我对于春草和华岳的感想，同委托我写文章的人毫无关系。然而，接受委托的我，偶然感觉到这方面却有着说不尽的话语。本来，春草也好华岳也好，他们这些人的生活都和我无缘，不过，正因为知道春草和华岳的人太多了，之所以请我这个无缘的人写文章，或许是因为感到我和他们有着一根看不见的关联的细线吧？就是说，我对这两位日本画坛前辈的工作、生存所抱有的最为崇敬的心情，无形之中被委托者察知的缘故吧？

我想象着春草的天分，以及使之真正得到发挥的原因，还有，我阅读华岳的日记，想象着华岳的作品达到无与伦比的高度和深度的原因，这时候我便感到，这些都同疾病、孤独等肉体上的不幸状况，有着密不可分的关系。由此，我看到了艺术的悲哀和荣耀。

春草没有成为大观和观山这样的大家就死了。华岳脱离大师的道路悄悄度过了一生。

比起这两位画家，用现世的观点看，我等实在太优越了。这种优越的处境，往往不正意味着精神的放松与迟钝吗？一个画家所走的道路，存在于这个画家的意志和命运的交合之中，不管怎样都无法改变。春草想继续活着，创作更多的作品；华岳也并不想患上哮喘这种疾病。还有，一般地说，肉体的衰微有时显现着艺术的衰微，这是当然的道理，可是令人惊叹的是，他们两个却显示了相反的结果。固然，我有我自己不同的道路，但是，这两位前辈的工作和生活，一直成为我内心反省的精神食粮。

这年秋天，重建被战火焚毁的大阪四天王寺，装饰在金堂内壁上的壁画，是中村岳陵先生完成的。这幅壁画纳入四天王寺之前，在高岛屋公开展览。这幅空前的巨大的壁画，高三米，宽约四十米，从释迦传记里选择了五个重要的场面，色彩艳丽，构图绵密。看到这些场面，我不由打心眼儿里感到惊叹不已。

最使我感动的是，流贯着整个画面的清澄、浪漫的馨香和倾尽满腔热情的魄力。日本画家的工作，常常被局限于狭小的世界中，但是这幅壁画的出现，使我感到这种观念彻底破灭了。这些说明了这幅壁画是克服多少困难才得以完成的啊！岳陵先生注入了多么大的痛苦和喜悦啊！面对这幅壁画，我深深低下了头。

画面上的人物近一百七十人，根据各个不同的场景，配置得有静有动，精彩纷呈。自古以来，日本人所绘制的各种佛画，都是根据中国的形式，而这幅画却是直接以印度风俗和印度人的风貌为基准，使之更富于亲切感，表现手法更加日本化了。光是这一点，据说都经过了一番艰辛的非凡的考证。

从缅甸招来僧人，研究头巾和衣服的穿戴方法，对以往凭空想象画的沙罗树详作考查，脑子里有了实物，然后再提笔作画。这种方法可以说也应用到动植物的种类和形态，以及表现的季节和地方的关系之上了。对着成为佛陀的释迦礼拜的五个比丘，在最初的小草图上是披着头发的，正式画面上变成了绾起发髻的婆罗门。释迦出生时也画成婴儿的骨骼。这样一来，就脱离了原来绘制佛画的惯例，进行了合理的解释。释迦在"出城"的场面里，也画成一位俗世之人，一个年轻太子的俊美形象。

五个场景都各自选定一种色彩为主调，充分发挥这一主调色彩所具有的心理意味。这也是新的尝试。《释迦降生》——绿与金；《出城》——青与白；《降魔》——红与黑；《初转法轮》——茶与金；《涅槃》——紫与青。整体看起来，这些颜色赋与各自画面以变化，同时也进一步强化了每个画面的戏剧性内容。这种试验，可以说是历来的画面都未曾有的新机轴。还有，在日本画具有的装饰性中，光的表现巧妙而生动，可见用心良苦，同时也很好地描绘出立体的空间。

释迦经过长期艰苦的修行，达到开悟的境地而成为佛陀。开始传道时，他来到瓦拉纳西郊外鹿野苑探望一起修行的五个比丘。释迦静静站在高大的榕树前，端正而威严，夕阳映照着森林，这种情景堪称是光的表现的最佳场面。

五种场景的线条和色彩，在处理上都达到了极致，既典雅又美丽，超越了《释迦转》这一题材的特殊性，不论谁看了都会感到亲切有味，内心里受到深深的震动。

这幅壁画同时受到"朝日文化奖"和"每日大奖"等前所未有的奖赏，成为昭和时代绘画史上的一块丰碑。接着，翌年的一九六一年，每日新闻社在三越商店为岳陵先生举办了大型"回顾展"，展出了十七岁至七十岁的作品。直到这幅光辉的壁画为止，先生走过了漫长而曲折的道路，给了我许多启示。像岳陵先生成就如此生命力久远的画业，而又不失其新鲜感，并且倾其一生，埋头于制作。看到他的身姿，我就像从春草、华岳那里受到的感动一样，不由想到，这又是一条艰难、严酷之路，这条道路险峻而又漫长，他一步步走下去，百折不回而至于大成。为此，重要的是要调整好呼吸和速度，防止动作摆动过大，只有这样，才能以不拔之精神，毫不松气，坚持到底。而且，我感到，他的锲而不舍的方法是纯粹的。岳陵先生作品里感觉和色彩的美丽，固然有赖于那种严谨而强韧的精神力量，但是年轻时培养起来的娴熟而洗练的技巧起到了巨大的作用，这一点也不容忽视。我深深感到，那种流丽的线条、丰富的色调，毕竟不是一朝一夕就能达到的效果。而且在这之后，他又将这种感觉的和色彩的东西，推向更加严谨的、致密的精神境界。

艺术精进之路，因各人的精神面貌、才能和命运而不同，但是，必须清醒地认识到，任何道路都不是那么容易走过来的。

回顧と出発

第十七章 回顾与出发

一九六一年五月，朝日新闻社举办的我的自选展在银座松屋开幕了，展出了自一九五七年以来十五年间我的六十余件作品。这是我首次在大庭广众之间陈列这么多画作。这些时时令我心潮起伏的作品集中起来展览，使得许多人能够看到我的艺术创作的状态，这是很荣幸的事。就我本人来说，再一次亲眼看看自己的足迹，有的地方需要作一番深深的反思，以便考虑将来应该走什么道路。

几乎是同时，新潮社出版了我的随笔集《我的窗》。这是我自一九五八年到这年之间应报刊之约发表的文章的合集，没想到竟然有六十篇之多，超过了三百页。内容是有关风景、有关艺术，还有举办展览的感想等，这些文章没有按照年代顺序排列，而是考虑到这些素材具有不同的形态和色彩，加以自由编排和组合而成。我想，这种排列方法，显得整本书协调一致，互相关联，如实地传达了我的内心世界。

这次自选作展览和随笔集的出版，都不在我自己的计划之内，而是出于报社的安排和出版社的好意。两件事凑到了一起也是偶然的巧合。

本来，自选展我是坚决辞退的，因为我认为，举行这种系统的颇具规模的自选展，对我来说为时尚早。能否成为一次内容充实的展览会？我为此感到不安。我想再过些时候，等完成更多的作品，从中加以选择，那样也许能办成一次像样的展览会。可是朝日新闻社的人说：

"照这样说来，无论到何时，都不能举办自选展了。"他们说的也有道理。一个画家，总是以为下一幅作品会更好些，他一生都在这么想。因此，我还是决心答应下来了。无论怎样，都得亲自动手，我打算借此机会将战后的作品一一排列，站到观众面前，接受批判。

与此相比，随笔集倒是很使人高兴。他们说不管定价如何，想怎么写就怎么写，不限定印数，当然这会给出版社造成麻烦，不过对方这么说实在很难得。我一方面按照自己的兴趣写下去；一方面在装帧、排版、插图的位置、色彩以及其他诸多看不见的地方，我都想关照一番，我要使这本书本身成为我的一件美术品。这么一来，书就会变得豪华，但我要坚决抑制这种豪华，使其不显露于表面之上。

展览会开幕以后，我的心比起不安来，更充满了活力。许多人来到了现场，抑或人们在看了展览之后，想到将来还会更好一些吧。不，不能想得这么乐观，我自己应该感到惭愧。为什么而惭愧呢？为了自己的疏浅，还是因为努力不够？是的，不管自己有没有才能，应该为着自己不够进取而深感悔恨。虽说进取，也是各色各样，要进取就得努力，这是一个触及心灵的态度问题。这是关系到一个人活在世上、同时进行艺术创作的问题。这方面确实不够。这是一条困难的道路。

关于随笔，终于得以出版，被放到新潮社某位要人的办公桌上。这位先生拿起书来一直翻到最后一页，他说："真不错呀，就是定价太低了。"这时再一留神，原来看丢了一个"0"。

也有一种传说，说他当时吃惊地叫了一声："哎呀，怎么这么贵呀！"

笑话只当是笑话。我身处自选展会场的热闹之中，心想，我的父母和兄弟去世前，未能看到过摆在这里的一幅作品。藏在我心底里的这份空虚，拂也拂不去，填也填不平。然而，自打《残照》以来，我深深体会到，我的画正是一直培育我艺术成长的众多人善意的结晶。给我温暖援助的人，严格鞭策我的人，我的周围要是没有他们，我肯定无法从那深渊之中爬出来。他们之中，已有很多人故去了。这真是令人伤悲的事。

我到底从深渊里爬上来了。可是，今后我将走向何方？

前年，我完成东宫御所的壁画之后，接着画了《雪降》这幅作品，是"日本国际美术展"的参展作品。这幅画取材于汤桧曾，竖长的画面上方是一团黑色的杉树，少少几棵枯木，下方则是直直一带黑色的细水，横切过画面。在构图上，整个画面都在飘雪。不用说，这是《暮潮》风格的延续。没有黑

雪降
雪降る　20

暗的感觉，与其说严寒，莫如说有着一种对雪国自然加以肯定的情感，不过总含有一种肃穆的气氛。

秋季的"日展"上展出了《青响》。这幅画整个画面都是青绿色，中央稍稍靠右，细细的瀑布，如一条白练直直垂落下来。青绿色是遮蔽山岗的山毛榉原生林。绘制《秋翳》时节，画面中的树木历历可见，然而这幅画，只描画出繁茂的轮廓的意味，通过四方形的组合表现出来。这是在福岛通向小磐梯的土汤岭附近的峡谷里所作的写生画。隔着一道深谷，眺望对面山坡上重重叠叠的树木，耳边仿佛传来一阵阵有节奏的响声。《青响》并不意味着瀑布的声音。但是，这青碧一色中的白色的声响，抑或可以说是来自于色彩吧。要是这样，就不该叫《青响》了。这是青色本身发出的响声，是重叠的绿叶奏出的无言的响声啊！《雪降》和《青响》未曾有过的形象铿然出现了，那就是《岩》。这是于夏阳之中描画下来的福井县东寻坊海岸边的岩壁。夏阳，是指北国之夏。阳光下的岩石用金箔打底，以表现阳光的反射。

在这之前的一九五八年，举办了规模宏大的中国殷周铜器展览，三千年前的各种青铜器，赳赳而列，蔚为壮观，令我心动。以前，我亲近过汉代的文物，以为刚毅非常；但是再看到更加久远时代的东西，那种奇怪的形状和繁杂的花纹，就会使我觉得很难接近。这次的展览会，征集一方作了精心布置，

青响
青響 21

岩
巌 22

陈列展品的会场很高，照明也很好。为此，从我的兴趣来说，这些铜器完全置于相反的另一极上，所以深深吸引着我。我求得允许，特地画了一些素描。古代人所具有的丰富而强劲的生命力，深深打动了我。我为一种在日本所无法感觉到的坚韧而威严的形象所迷醉。

　　这是一件很矛盾的事。一方面被日本的东西所具有的温和、优雅和质地优良所吸引；一方面又在寻求一种严峻和深邃的东西，抑或这就是我的宿命。我认为，日本人所持有的民族的色感、洗练而微细的感受性，这是我们的长处；但是似乎缺乏对于威严的形象的感觉和魄力。然而，在缺乏深刻的彻底性这一点上，我并不认为是日本人性格的缺点，这是因为，西洋和中国，固然具有十分深刻的彻底性，他们也将此用到了美术上了，但我认为，他们的东西并不显得特别美丽，他们民族的历史，也并不比日本民族幸福。我作为一个日本人，不具备威严、魄力和深刻的彻底性，这些也不为我所喜欢。但是，我又时时充满向往，并以温暖的心灵希求着威严。我不是生在北国，但很喜欢以北国的自然为题材，这也许就是此种心情的流露吧？战后，我一直追寻着美。我的最大的成果就是绘制了《日月四季图》，我发现，我已经不知不觉着眼于北方式的威严了。前面所提到的三幅画均取材于北国，一九六一年"日展"上展出的《黄耀》，也是从上越县境附近的宝川所作的写生上摘取的，描绘了幽暗的杉树林和秋天黄叶树的对比。黄叶树气象宏阔，其间飘溢着的深秋的感触，是地地道道的北方情味儿。还有，这年我受宫内厅的委托，为新建的吹上御所绘制的作品，题材是福岛县猪苗代湖夏季湖水的风景，这也是表现北国湖山之清澄的画作。

这时，我的心已经转向北方了。而且，次年还决定到遥远的斯堪的纳维亚半岛去旅行。

自选展回顾过去走过的道路，同时也为下一次的出发作好准备。

黄耀

第十八章 万绿新

万緑あらたなり

夜来的雨晴了，一个凉爽的初夏的早晨。稍稍攀登了一阵山路，眼界立即开阔了，我来到了一个地方，这里可以看到猪苗代湖一带遥远的山峦。从这儿望过去，稍远的猪苗代湖微微呈带状，中景是生满繁茂的绿树的丘陵，前面有一座明亮的水池。池畔上高耸的杉树，影子静静映入水中，仿佛一切都静止了，可以感到微微的气息……

天皇与皇后两陛下的新居——吹上御所正在建设之中，一九六一年二月的某一天，宫内厅委托我为这所新居绘制风景画，这幅画将悬挂在通往大门的楼梯上边的墙壁上。沿着北面的大窗户，有一座缓缓的楼梯，登上楼梯迎面的墙壁下面是平台，转个弯儿通向二楼。

我就题材作了种种考虑，我想，那座壁面是陛下朝夕可以看到的地方，要是陛下能提出某种希望就好了。我通过宫内厅问了一下，结果传过话来说，可以从那须、阿苏和翁岛中任选一处。

我来到建设中的御所，首次拜见了吹上庭园，这里保有的浓重的武藏野风景，令我十分震惊。这里所见的树木，几乎没有一棵是经过庭园式的修剪的，只是在不伤害其自然风趣的范围内略略加工而已。听说这是根据陛下的爱好。

由此，我全面了解了陛下之所以喜欢眺望这座庭园的心情，并产生了共感。

五月中旬，我首先去九州旅行，这是第二次到阿苏山，看了汤谷、内牧、坊中、中岳和波野，然后绕道南乡谷到达高森。接着，越过大观峰，远远站在濑本高原上眺望。各处都是雄伟的景观。我甚至觉得，整个日本，除了北海道，再没有如此浩瀚的风景了。

然后去那须，到御用宅第徒步作了详细的写生。稍许进入庭园，就立即发觉这里保存着原始的自然环境，由此可以窥探陛下喜爱植物的兴趣。

最后到了福岛县位于猪苗代湖畔的翁岛。翁岛是地名，湖上有一个同名的小岛，湖畔有一座建筑，本来是高松宫的别墅。这座位于湖畔高台上的和式建筑，作为县里的迎宾馆，依然保留原来的风致。附近有一座古风的西洋建筑，叫作天镜阁，沿着后山的小路登上一段，不久就是。这里可以看到本章开头描写的美丽的景象。

明媚的池水，生满绿树的山丘，遥远的湖泊，对岸的山峦，青烟迷离的远山……这些风景紧紧吸引住我的心，眼前这景色原本就是一幅绘画的组合。我原地蹲踞下来，运用细长的构图画了一幅写生。

万绿新
万緑新 24

阿苏、那须、翁岛，我根据各地的素描分别加以构图，结果一看，以为翁岛的风景最为相宜。为什么呢？因为从悬挂壁画墙壁的比例上看，比起横而宽的画面，稍微狭长的画面更为理想。阿苏和那须的所有素描，没有一幅构图适合这种形状。而翁岛在作实景画的时候，已经是一种狭长的构图了，所以自然适合嵌入这样的比例之中。吹上的庭园，稍远处有一座美丽的大水池，可是从住宅里看不见，所以我很希望是一处有水的风景。还有，更为重要的是希望是一处富于直感的素朴的风景。

　　为此，决定用翁岛风景，这是一幅高一点八米，宽一点五米的大画面，于是开始制作。一旦着手绘制，我想，即便对于实景作些省略和变形，也要尽量不失去自然的气息。这是一幅宏阔的风景，如上所述，这幅本来就具有绘画构图的风景，其特色在于上下都保有水的部分。我决定把前景的一簇杉树林置于中央，着眼于天空、湖水和池子三者分量的对比，以及山峦、丘陵与池畔各自所具有的线条的倾斜度。在色彩上，由青、青绿、绿，再到黄绿，只用这一系列加以统合起来。

　　阿苏是雄大的景观，那须是陛下平素喜欢的土地，而翁岛这个不为人所知的地名，陛下为何会提到它呢？事实上，我旅行走遍了日本全国，开始并不知道翁岛究竟在哪里。直到着手绘制才得知，这个翁岛就是两位陛下新婚那年住过一个月的有缘之地。

一九二四年八月，当时还是皇太子、皇太子妃的两陛下，从日光御用宅第到达翁岛高松宫别墅，在这里一直住到八月三十日。骑马，打高尔夫球，登山……欢度着青年时代的夏日。据说，这期间秩父宫殿下也来过这里，有时他们一起玩高尔夫球。

当我知道，迎来花甲之年的陛下，如今依然怀念年轻时住过的地方，心里感到一种说不出的愉快，于是将全部心思用在绘制这幅风景画上。我画了初夏晴明的早晨、远景的连山、新绿的树木，以及朝阳映照池水前那一时的静谧与清澄。这些现实中的情景都变成了象征性的风景。为了祈求两位陛下越来越年轻、健康，特将此画命名为"万绿新"。十一月二十七日，举行了吹上御所落成典礼。

白夜の誘い

第十九章 白夜的诱惑

打很久以前起，我的心中就有一种可闻的声音——

你的道路是顺利的，又有着健康的身体，做了一件又一件的工作。然而，你在一个幽静无人的房间里，用心灵的镜子照照自己的面孔吧。你很疲惫，习惯于一天天的繁忙的生活，想必是奋力苦熬过来了。可是习惯这东西是最要不得的。也许绘画本身，并没有使你成为习惯，反而带来不绝的紧张。但你已经习惯于这种不绝的紧张了。事情一桩接一桩，每天都有工作可干。诚然，无所事事的画家不是个好画家，可你忽视了精神的休息。这当儿，你有必要斩断日常的生活，置身于大自然之中，平心静气地呆上些时候，使心灵鲜活起来。

你不能不说是勤勉的。然而，你没有充分的时间摄取，只是一味发挥着吐出的作用。要不了多久，你会变得身心交瘁的……

我率直地倾听着内心里的这种声音。我认真思考着，心想，总得拿出点办法来。

我打算用两个月光景到北海道走走。北海道有着严峻的自然。不过，北海道这种地方，还不足以使我斩断同日常生活的联系。一旦有事，我还得立即回来。要更遥远些。——当我这样想的时候，脑里浮现了去北欧的念头。

我为何要到北方去呢？因为那里是我心中的磁针所指的方向。

年轻时，我到过德国，曾想去丹麦看看，结果不了了之。当时，我主要为了看西洋美术，只想奔向意大利、法国等美术作品荟萃的国家。我没有从德国再向北走。但当我由汉堡来到同俾斯麦有缘的萨克森瓦尔特这个地方的时候，看到了宽广的阔叶林，那晚秋时节沉郁的色调使我长期不能忘怀。我读托马斯·曼的小说《托尼欧·克洛格》时，心中想象着吕贝克清幽的街景，辄向往之。然而使我记忆更深的是小说中的一个主要场景——丹麦海滨的旅馆。在我更年少的时候，刚从中学进入美术学校，我就阅读了斯特林堡、易卜生、安徒生、比昂松[①]等众多北欧作家的作品。那个时代，这些作品似乎非常受广大读者的欢迎。我带着当时现实生活中具体的感受，怀着沉重的心情读完了斯特林堡的《到大马士革去》等象征性作品。这是因为在我身旁，也有一些人遭受着人世的磨难。在安徒生的童话世界里，有些东西同我的本质相契合，唤起了我的共鸣。我喜欢《白雪公主》这个故事，读着它，仿佛感到书本上的文字逐一消失，一切情景都鲜明地浮现出来了。比昂松的《阿尔内》《叙内夫·索尔巴肯》等作品里描写的挪威的雄伟的风景，以及人们

---

① 比约恩斯彻纳·比昂松（Bjørnstjerne Bjørnson，1832—1910），挪威作家，一九〇三年诺贝尔文学奖获得者。

朴素而健康的生活，一起留在我的记忆里。

这样的文学作品，早已通过格里格①、西贝柳斯②的音乐，在北欧人们的心目中保有亲切的印象。我这次发愿到北欧去，多少受到这种风景魅力的吸引。然而，这还是我臆想中的北欧风景，我并不了解现实里的北欧。我有着强烈的预感。我觉得北欧的风景，那里的森林、湖泊在呼唤我。

当时，在日本，对于现实中的北欧风景和城市几乎全然无知。哥本哈根、斯德哥尔摩、奥斯陆、赫尔辛基等首都城市，海外旅行社等方面虽有介绍，但无论走到哪里，也找不到我所要看的景色。至于我所想象的北欧风景，那就更是无处问津。但从结果来看，我所想象的风景还是存在的。我看到了自己头脑中描绘的北欧风景，但我看到的不是北欧的现实，而只是选取了我心象中的风景和北欧的现实风物相契合的地方。不过，这是正确的。只要这两者的焦点完全一致，那么，我的心就会如鱼得水般欢跃起来。北欧之行已经过去五年了，现在想想真是不可思议。我说了，我是按照自己心中的磁针的方向而选择去北欧的，但仔细想想，正像我在本书里每每提到的，这并非由于我的小小的意志，可以说有一股浩大的力量左右着我。

① 埃德瓦尔·格里格（Edvard Grieg, 1843—1907），挪威作曲家。
② 让·西贝柳斯（Jean Sibelius, 1865—1957），芬兰作曲家。

我一点不懂北欧的语言，所幸，我知道德国出版了相当多的有关斯堪的纳维亚和芬兰的地图以及旅游方面的书，我托人直接从德国寄来，花了一年时间，制订了具体的旅行计划。这桩事是很痛快的，一点也不觉得麻烦。我的这个计划有着一定的范围，只选择自己要去的地方，并尽量在那里多呆些时候。我在北欧的地图上标出了几个旅行点，我托人寄来了连接这几个地点的飞机和车船的班次表。此外，还详细打听了有关住宿等方面的情况。

一九六二年四月十八日，离开羽田机场时，正值一个风雨交加之夜。我们夫妇两个乘上了斯堪的纳维亚航空公司的喷气客机，透过窗外的雨雾可以看到红红绿绿的灯火。跑道上响起了飞机的轰鸣。飞机很快升向漆黑的夜空。接着飞过北极，到达哥本哈根仅仅花了十六个小时。在这期间，日月的运行发生了奇妙的变化，时间的脚步完全打乱了，正如我所希望的，我的日常生活转瞬被斩断了。

我们下榻哥本哈根的皇家饭店，凭窗远眺，太阳透过浓重的乌云，微弱的光线静静地照射着质朴无华的建筑物的屋顶。市街上矗拥着市政府大厦、宫殿和尖塔林立的教堂。这时，我才想起已经远离日本了，出国之前繁忙的日月也相去遥远了。这天是北欧复活节休假的头一天，是我北欧之行最初的日子。我选择了这样一段时期，避开北欧漫长的冬天，使旅行生活自迎接春天的欢乐时开始，经过象征着火红生命的夏至节，直到夏末结束。在我们看来，这个时期北国的太阳虽然不算强烈，但正是自然和人世礼赞生命的季节，是森林、湖泊呈现幽静和清澄景象的白夜季节。

哥本哈根大街上响起了复活节的钟声。我巡游了斯堪的纳维亚半岛的丹麦、瑞典、挪威和芬兰各国，最后又在最先抵达的哥本哈根及其北郊住了将近一个月，于七月末回国。我如何评价这次旅行呢？如果用一句话来表达，我认为用"兴会"更合适。在我后来出版的《访古城》画册的序文中，川端康成先生就此次旅行这样写道："自然和画家美好而幸福的邂逅，真可谓一期一会。"先生还谈及我的这次旅行找到了心灵的故乡，他说："故乡是巡礼的起点，遍历的归结。在艺术家一生的旅程中，随时随地都可能找到故乡。然而，这故乡存在于何时何地，却难以寻觅，难以期遇。"

为什么说北欧之旅使我找到心灵的故乡呢？为什么我对北欧的自然、城市以及居住在那里的人们如此心心相通呢？

如今，想想南北风土和居住在那里人们的文化的迥异，就可以得出一些完全相反的结论：一方是丰润的，官能的；一方是峻严的，带有较多的精神要素。南方是综合性的，安谧的，充满着对生命的肯定的要素；北方是分析性的，不稳定的，具有否定生命的倾向。一方带有女性的因素；一方带有男性的因素。一方明朗；一方灰暗。一方具有丰富的感情，一方具有敏锐的理智……

我不是北方人，而应该是个南方人，但北方的要素却在我身上不断增长。假如从根本上说来我是属于北国的人，那么恐怕就会憧憬阳光充足的南方了。正因为我具有这样的本质，北方风物中使我动心的，勿宁说是严寒中的温暖，阴暗中的明朗，生命于苛酷条件下放出的光辉。这些都不是北方所具有的典型，可以说是北方要素中隐隐可见的南国风韵。因此，我所选取的季节实属重要。我看到了北国冰封雪锁、寒风呼啸的景象，这代表着北国的特点，然而我所描绘的雪景，却多是等待着春天的雪景。

北极不是个死寂的世界吗？死意味着同生命和爱相对立的另一极端。我在这本书里第一次提到了爱。我在书的开头写道，我基于对死的认识，才看到了生的映象，而爱不也是作为死的对立而鲜明地表现出自身的形象吗？

"不能使思考影响了死。"托马斯·曼在《魔山》中借助青年主人公之口，经过一番内省得出了这样的结论。多么令人感动的语言。也许就是作家本人自戒的话吧。小说的末尾描写青年卡斯托普在西线炮火之中，低声吟唱着《菩提树》的歌曲，渐渐消失了踪影，作品到此结束。在战时死的馨香和悲惨中，在生命光华的照射下，我不停写着这本书。即使在那个时候，爱也是同样存在的。当征兵命令一下来，再也想不到会生还了。在那一筹莫展的时刻，我感到了自己对亲人的强烈的爱。当我入伍的时候，连到疏散点见他们一面的机会都未能得到。我的脑际浮现着和亲人厮守的岁月。刹那之间，我悟出了什么是人世的幸福。白天看不见的灯火，到了夜晚便在我面前闪耀。作为战后的一名画家，从那时起，我便开始了游历，中间经过几次起伏，一直坚持到现在。

十七年过去了，如今和当时的状况不大一样了，但我从北欧的自然景物和人们的生活中，看到了生命沉静而强劲的跃动。正像我上面提到的，北极是死寂的世界，然而正因为越靠近这个世界，便越强烈地感到自然风物和人们生活之中蕴含着生的光辉，爱的火花。不是吗？

就拿瑞典来说吧，在冰雪消融后不久的白桦和枞树林的树荫下，到处开满楚楚动人的野花。这些花儿忍耐着冻土地带的酷寒，生机勃勃地呼唤着春天。夏季到了，刹那间，树木萌出了嫩叶，清翠而富有朝气。从人们的脸上不也可以感受到一股喜气洋洋的表情吗？湖水闪亮，风儿送爽，白昼变长，出现了明亮的夜晚。白夜的森林，湖泊，多么美丽，娴静，鸣奏着生的赞歌。人们也都沐浴在些微的阳光下，似乎要和自然分享着喜悦。珍爱阳光的心灵，不属于那些充分享有太阳恩惠的人们。这里的自然洋溢着盼望春夏快快来临的喜色。这种虔敬的景象里带有一种清逸的神韵，在那些不知严寒为何物的地域的自然景物中，无法感知这种神韵。抑或多数人能从常夏之国感受到生命的强劲的力量，但在我，却从这北国短促的春夏季节里，对火红的生命，打心眼里产生了共鸣。不用说，一年里，阳光最为炽热的夏至那天，是北欧最大的节日。

芬兰夏至节那天，湖岸上聚集着好多人，又唱又跳。我离开人群，到对面静静的运河入口处，在草地上坐下来，等待着。午夜临近了，然而，湖水映照着广漠的白夜的天空，犹如晚霞一般明亮，簇拥在堤岸上的枞树林，将黑魆魆的树影投映在河水里。水天相连之处，仿佛漂浮着一条黑色的带子。聚集在湖对岸狭窄沙滩上的人们，看上去像被融入森林里了。音乐和欢呼声也遥远了。

这时，对岸蓦然升起了火焰。堆积在岸边石块上的白桦木柴点着了。大火熊熊燃烧，火舌晃动着，烈焰腾空，不一会儿，形成了笔直的火柱。火光映在水里，将黝黑的林带分割成两段。欢声雷动，不时传向湖面。刹那之间，在北国之夏，这升腾的烈火不正象征着生命的光焰吗？黑魆魆的枞树耸立在四周，威严，肃穆，暗示着寒冬和死寂就要来临。唯有这红红的火焰，美妙，生动，同时又带着虚幻和悲凉的意味。随着火焰渐次熄灭，世界开始向黑暗的冬天靠近。白昼一天天变短，缺乏光照的季节就要降临了。

在瑞典北陲的荒寂的拉普兰，为了看到午夜里的太阳，我在阿比斯库的旅馆里住了一周，天气不好，深夜的太阳始终未能见到。第六天夜里，因为是个阴天，我很早就睡了，一睁开眼睛，看到遮挡窗户的黑色窗帘两侧射进来奇异的光芒。看看枕畔的表，已经过了十一点了。我拉开窗帘，惊诧地眺望着外面的景象。

目光所及之处，可以看到横卧着的托讷湖面上的广大的冰层，浮现着神秘的颜色。冰面泛着绿色，放射着萤光，将暗紫色的山脚切割成一条直线。群山之上云雾重叠，山头白雪罩在浓重的阴影里。这不是常见的那种山峦，这里的群山显得那般遥远，那样庄严，简直无法用言语形容。桦树纤细的枝条，布满苔藓的岩石地面，在低低的阳光照射下，浮现出茶褐色来。不远处耸峙的诺乌拉山顶，白雪斑驳的岩石在逆光中显得黯然失色。这座山伸向湖内的部分，以及对岸山峦较为低平的地方，阳光显得十分强烈。

我所想象的深夜的太阳，包裹在一层薄明的轻纱中，放射出清泠的光芒。如今，我所看到的太阳，却从低低的地平线上散放出强烈的光亮。我如何来形容这种壮观的景象呢？我可以说这是一种迷人的梦魇吗？

回首向拉普人称作大门的索马斯拉基山峦以南的地方望去，太阳照在巨大的山峰上，前面的桦树林包裹在浓郁的阴影里。是的，太阳光之所以显得这般明亮，是同深沉的阴影互相对比产生的结果。这个时候既不是黎明，也不是黄昏，而是真正的夜的世界。在这可怕的荒寂的景象中，唯有阿比斯库河流水的响声，像是从地底下发出来似的。

此外，北欧之旅所到之处，人们是那样热爱生活，对别人也很亲切。我想，这大概因为冬日漫长而又严峻，人们生活在苛酷、寒冷和贫乏的自然环境之中的缘故吧。哥本哈根郊外海岸大道上，有一家白墙绿窗的小杂货店，盛开着蜀葵和玫瑰花。我走进店内，问老板娘：

"您真的喜欢花吗？"

"我们这儿冬天寒冷，漫长，所以在短促的夏季，大家都喜欢养花自娱。"她一边回答，一边为我包东西。

战争结束的时候，如果说我在艺术上有重大、鲜明的转折点，那么，北欧之旅尽管不怎么引人瞩目，但在我战后艺术的前进道路上，却有着重要的意义。

森と湖の国にて

乌普萨拉的风景（瑞典）

  岩石裸露的瑞典乌普萨拉的旷野，仿佛紧贴上去的，随处都是一簇簇幽暗的针叶林，这些白桦树，将纤细的枝条扩展向空中。

  瑞典最美的风景是锡利扬湖，我在湖畔的赖特维克住了几天。回斯德哥尔摩的时候，当我从火车车窗里看到这片寂寥的荒野，马上改变计划，在乌普萨拉下车。乌普萨拉这座城镇因一所古老的大学而颇有名气，繁茂的古树笼罩着清冽的河流，沿着两岸是一排排旧式的房屋，空中高耸着哥特式大教堂的尖塔。这是一座风格朴实的古城。我在城里转了一圈儿，立即驱车奔向

残照
残照

第二十章 森林和湖泊之国

荒野。

　　我又住在了西边的萨拉小镇，我被这里的美景深深吸引了。树木刚刚吹芽，已经临近白夜的季节了。萨拉镇的小广场上，九点钟灯就亮了，天空还留着一抹残照。镇上的人们来到广场，有的坐在长椅上；有的站着聊天儿。萨拉是座美丽的城镇。

　　然而，我还是画了荒野。吸引我来到这里的，就是这种静谧的抒情吗？抑或是那伫立不动的树木虔敬的祈祷？不论怎样，驱使我作这次北欧之旅的正是这种深深的寂寥。

白夜

面临波的尼亚湾入海口的诺尔丁格尔，我在位于这座寒村的乔尔尼格住了些日子。距离斯德哥尔摩遥远的北方，有座通向诺尔兰地方港口的海讷桑德。从这里乘公共汽车，渡过缓缓流动的翁厄曼河，一小时就能达到。这一带地方，和我喜欢的志贺高原十分相像，但在地形上很不同。日本国内，只有在高山上才能见到的枞树和白桦，在这湖一般的海湾，却密密麻麻随处生长。

刚来时，水面上还浮着薄冰，不觉之间都化了。天也长了，太阳明晃晃地照耀着将近八个小时。一个深夜，我正在写作旅行日记，窗帘缝里射进来的亮光引起我的注意，我打开面向海湾的窗户眺望。外面是一个美丽的薄明的世界。对岸的丘陵，远方的山峦，这些映象静静地映在水面上，天空，流水，都包裹在微微的白光里了。一看表，是十一点钟。背后的山端还留有太阳的余晖。天上皓月高悬。然而，随处映射着这种风景的，既不是月亮，也不是太阳。这是一种娴静的淡淡的明光。五月半过了，北国终于进入白夜季节了。

映象

映象

乘车在诺尔丁格尔周边转了转，道路沿着海湾和湖畔进入森林，来到外海附近，这里的风景很富于变化。在一座小渔村休息了一下。这里的海岸岩石重叠，又生长着低矮的枞树，给人一种异样的感觉。寂寞的渔村山丘上有一座粗糙的木屋，乍一看像是储藏室。这里是古老的教堂，听说里面有一幅原始的壁画，画着基督和弟子们乘在一只船上。很想看看，因为保管钥匙的人出远门了，只好打消念头踏上了归程。

一个早晨，我看见海湾的水澄明如镜，森林和小岛清晰地映在水中。上下完全相同的风景，紧紧结为一体，这已经不是常见的风景了，而变成了一个超现实的世界。以往，我几次见过山一般静寂的湖泊，屡屡描画过别有情趣的倒影。可是，如此清澄，如此使人屏住哪怕是微弱的呼吸的风景，这还是头一回看见。从旅馆沿着海湾步行到教堂，透过白桦树林，可以望见对岸布满茂密的枞树的山丘，影子静静地映在清澄的水里，不论从哪儿切断，都是一幅美丽的画面。旅馆附近生长着枞树的山脚下有一座湖，满储着深暗的湖水，岸上的一排白桦树伫立于背后的森林前面，我从这种景色和倒影里，感受了北国特有的寂寥，发现了一个神秘的世界。

白桦之丘
白樺の丘

白桦之丘

　　白桦是代表瑞典的树木。笔直而洁白的干，纤细的枝条，十分恰当地表达了这个国家的人们那种清洁、纯正、讲求优雅的性格。我以前走过的赖特维克、穆拉、萨拉，还有乔尔尼格这些地方的风景里正因为都有白桦林，所以大大加深了旅行的趣味。或以清澄的湖畔，或以湛蓝的天空，在这样的背景里，白桦洁白的树干，显得多么明净，多么优雅。

　　到了春天，繁密的树枝开始抽芽了，白桦林下的小河淙淙流淌着，周围盛开着一种名叫"维什帕"的洁白而美丽的野花，其中也夹杂着微紫的"布劳什帕"。还有一种名叫"款冬花"类似蒲公英的黄色野花，随处开放，为之增色添彩。北欧的春天充满了一种由白桦树和明丽的野花组成的纯净之美。林子里小鸟唱着赞颂春天的歌。松鼠跳来跳去，见了人也不害怕。它们经受过北国漫长的寒冬，一定满怀着迎春的欢乐之情吧。但是现在，它们在这白桦林中，首先必须平心静气地等待一些时候。

芬兰和挪威也有许多白桦树，为何在我的记忆里，瑞典的白桦树给我留下特别强烈的印象呢？

在拉普兰
ラプランドにて

在拉普兰

　　从斯德哥尔摩乘特快火车一直向北走，经过十八小时后就跨越了北极圈。这一带是称作拉普兰的荒寥的风景。再走五个小时，就达到托讷湖畔的阿比斯库。在阿比斯库，从六月上旬起，大约有一个月，可以看到午夜里的太阳。一座可以俯瞰湖面的高台，上头仅有一家旅馆，只在夏季才对外营业。河水流进来的那些地方，湖里的冰融化了，露出了水面，可是整个湖面，依然覆盖着厚厚的冰层。

　　拉普人偶尔在车站旁露露面。他们戴着红檐的帽子，深蓝色的衣服缀着或红或黄的饰物，显得很气派。身边放着鹿角和毛皮，等着顾客来买，有时干脆躺在寒冷的道旁睡觉。有时，附近不经意碰见鹿群，它们一看到人，立即就跑进密林，消失了踪影。简直就像梦幻里的野兽。

  我怎么也适应不了这种荒凉的景观和严寒的气候。我为何要到这块极北的地方来呢？是想观看午夜的太阳，还是打算见识一下某种植物？这些植物能在否定生命的严酷的自然环境里执拗地生长。这一带的树木只有白桦，而这种树木是那样纤细、虬曲，看起来活得甚是可怜。桦树林什么时候才会变绿呢？到了八月，不又是红叶季节吗？

挪威的春天（挪威）

由挪威的奥斯陆乘火车越过积雪的高原，达到西海岸的卑尔根。卑尔根"汉莎同盟"①时代的房舍，排列着尖尖的屋顶，实在像是北欧海港都市的风景。周围生长着马栗树和菩提树的小公园，广场上开满了石楠花的音乐堂，乘游览船巡游卑尔根峡湾，在希腊人住过的房子里举办小型音乐会，涂着白漆的木造房屋、煤气灯……一个催人作出各种怀想的城市。可是，我访问挪威的首要目的是想从卑尔根去看哈当厄尔峡湾，再深入内陆看看松恩峡湾。我的目的全在于观察豪壮的峡湾风景呢。

早晨，乘汽车离开卑尔根，沿着新绿的山路行驶。走着走着，雪渐深了，两个小时后，车子已经奔驰于布满白雪的冰原上了。太阳辉煌地照耀着，隔着玻璃窗，感到很热，谁知下车休息的时候，浑身又觉得冷飕飕的。

抵达努尔黑姆松，这里是一片绿野，盛开着蒲公英花，徒步行走的游客们也都是一身夏季的装束。但一进入旅馆的房间，依然开放着暖气。地面略略呈现高低起伏状，所以积雪和新绿，参差交错，亦冬亦春。这就是挪威的

---

① 十二至十三世纪中欧的神圣罗马帝国与条顿骑士团借城市之间形成的商业、政治联盟。十四世纪早期至十五世纪早期达到鼎盛。十五世纪中叶后转衰。一六六九年解体。

春天。

　　通往于尔维克的道路，沿峡湾经过盛开着苹果花、杏花和樱花的村庄，越过有湖泊的山岭。留给我的印象是：残雪的山岩上，白桦吐出了嫩芽。

挪威的春天
ノルウェーの春

哈当厄尔高原

于尔维克位于哈当厄尔峡湾内支流纵横的深部,这里的布拉卡奈斯旅馆设备齐全,周围景色优美,是挪威一级景胜之地。可是,这里给人的感觉,虽说只是一处观光景点,但却是个素朴的村庄,有古老的教堂,自然环境保护得很好,随处看不见一片纸屑,清洁而静寂。人们来到这里,只为着在这种静寂之中品味自然,怡怡而乐。

由于尔维克到弗洛姆,一路上千变万化。早晨乘汽车驶往沃斯,途中经过一座大瀑布旁边。由沃斯改乘火车,到哈当厄尔高原的米达尔,再从这里经过一座幽深的溪谷,才能到弗洛姆。等待换车的当儿,细雪霏霏而降,车站里看到有的人身上背着雪杖。

日历上已经是初夏了,可是这片广阔的高原一带,依然是由白雪和冰湖组成的冬景。生长着一排排枞树的广大的斜坡,到处裸露着岩石,覆盖着深深的积雪。看样子即便到了夏天也还能滑雪。由此,我明白了峡湾的岩壁上何以挂着无数条瀑布。

峡湾

乘渡船离开弗洛姆,从这里顺艾于兰峡湾直到中途,再沿着支流上行至居德旺恩,可以说于水上尽情饱览了峡湾壮丽的景色。这段航路,可以就近看到两岸巨大的岩石。由于河道弯曲,各种景观次第出现,简直无法预想。尽管航速缓慢,但是变化多端,出人意表。

瀑布确实是自天而降,碎成几段之后,静静注入海洋。给人的感觉既浩大,又幽玄。这种大规模的景观,一眼望去不仅无边无际,而且使我们的眼睛应接不暇,忽而从头顶转向海面,忽而从海面转向头顶。岩壁出现了,离去了,又出现了,又离去了。高高耸立于航船的前头,眼看堵住了去路,又迅速裂开,闪出细缝,让船通过。前方的断崖上瀑布高悬,猛一回头,身后更大的瀑布飞流直下,使我大吃一惊。再也没有比这更为壮观的风景了,我正在这样想的时候,蓦然之间,一座巨大的山崖直向头顶压来,高耸云天的山崖和沉落大海的瀑布,两股相反的力量,那种浩渺激烈、惊心动魄的气势令我迷醉。

森林的低语（丹麦）

很久以前，有人送我一本古老的相册，他说和我描绘的风景完全一样。封面的照片是森林里的鹿，写着DYREHAVEN，我不知道是什么意思。这本相册是一九二〇年在哥本哈根出版的，因为是丹麦语，一窍不通。但是，幽深的阔叶林吸引了我的心。和我描绘的风景完全一样。就是说，利用一种鲜明的形式，将我心中的世界表现为现实了。如果有这样的森林，我一定要看一看。从德语到丹麦语——我把德语词典和丹麦地图两相对照，弄清了标题是应该叫做"鹿囿"的王室的狩猎场。意外的是，我知道了这里是距离哥本哈根北边不远的海岸森林。于是，千里迢迢，我心中传来了那片海风吹拂的榉树林的窃窃私语。

哥本哈根郊外广大的鹿囿，从这里再向西北走一个小时，就是弗雷登斯堡，这一带森林里的山毛榉、柏、栎、枫、菩提树、马栗等林木，对我来说，都具有很大的魅力。我此次旅行，最悠闲最充实的日子，就是在这些森林之中度过的。在现实与幻想相互交织的森林，我倾心聆听树木的低语。

弗雷登斯堡的森林

弗雷登斯堡离宫，仍然保留着面临埃斯鲁姆湖广大森林的自然情趣，离宫的建筑小巧而富于亲切感。一七二〇年斯堪的纳维亚战争之后，这里命名为和平之城弗雷登斯堡，是由弗雷德里克四世①建成的。巨树高耸的空间，湖水闪着银光，环境清幽，除了小鸟的歌唱，再没有其他的声音。森林的树木，枝叶交合，看起来似乎在低声絮语。

我们住在离宫附近的弗雷德里克四世饭店。典雅的家具和装饰，老侍者那副威风凛凛的态度，简直就像观看宫廷戏剧。离宫的后院可以自由进出，我每天到那里写生。出发那天早晨，想到还有一处地方要画下来，我便背着颜料箱和画板，钻进离宫的大门。只有那天早晨，有卫兵站岗，同那头戴黑毛皮帽子的玩具军队一模一样。一走过前院，一队近卫兵一起盯着我看。我毫不在意地进了后院。我来到写生的地方，不知何时，周围已经排列了一圈儿古式的小型大炮。看情况有些不对，我画了一会儿素描就回饭店了。我跟服务台的领班提起这件事，他说："唔，昨晚上国王住在那里了。"这个国家，依然是童话之国。

---

① 弗雷德里克四世（Frederik Ⅳ，1671—1730），一六九九至一七三〇年在位。

青青湖沼
青い沼

青青湖沼

　　住在卡拉姆堡的贝尔维饭店，每天去鹿囿写生。饭店的草坪紧连着海滩，高高的旗杆上红旗随风飘扬。面向大海的二楼房间，窗户宽敞，光线明亮。早饭后，一群麻雀飞到露台上啄食面包屑。大海蔚蓝，平静。对岸的瑞典低浮于水面。

　　鹿囿的入口，聚集着众多的马车。在这座森林里，要么乘马车，要么骑马，汽车和摩托车是禁止入内的。黑色的马车，一身黑色服装的御者，唯有马背上披着的五颜六色的毛毯，才增添几分明丽的色彩。我们就近乘上一辆马车，也顾不得那位老御者的一口丹麦话。马车跑起来比想象要轻快，钻过入口的栅栏，进入广袤的森林之中。两边高高耸立着挺拔的榉树，树下铺满了去年的落叶。走上一段清扫过的道路，出现了草顶、白墙的房舍。森林中有一家餐馆，名叫佩达利普斯。顺着道路向右，一直走下去，仍然是无尽的榉树林。到处都有草原、丘陵和湿地。柏树伸展着黝黑的枝条，野鹿结队而行。我叫马车停下来，走到小沼泽旁边注目良久。树林静悄悄地伫立着，青绿、澄净的水面，映着树木黑色的影子。

树魂

树魂

　　鹿囿森林深处的草丘上，有一座皇家狩猎城堡。马车穿过树丛，来到广阔的草原，登上一段和缓的斜坡，这时，看到这座建筑逐渐临近，心情十分激动。马车绕过城堡的正面停下了。这座洛可可小型狩猎城堡，是十八世纪前半叶克里斯蒂安六世①所建。以这座城堡为中心，广大的丘陵向四方扩展，好几条道路连绵无尽，消失在森林之中。附近的草原上有数百只鹿，几乎不

① 克里斯蒂安六世（Christian Ⅵ，1699—1746），一七三〇至一七四六年在位。

见动静。丘陵下面有个小水池，只有那里映出一块明亮的天空。静止的风景。孤零零矗立于山丘上的城堡，进一步加深了这种印象。

沿着城堡后面的道路向东行进，来到森林的尽头，这里保留着森林最古老的部分吧。高大的柏树很多。也许经受海风的缘故，扭曲的粗大的树干伸展着枝条，姿态奇特地站立着。这些树木，几百年来，凌风冒雪，扎下坚韧的根子。一簇簇巨树，一直绵延到塔贝克教堂周围。我发现其中有些和我在日本看到的相册上的树木相同。我抑制不住他乡遇故知的喜悦。春色浅淡、阳光和煦之下，或者于薄寒的阴翳之中，或明朗，或黯淡，森林的树木千变万化，使我总也看不够。

早春的鹿囿

鹿囿春浅的日子,给予我无尽的感兴。坐在太阳地里,为森林的树木写生,我不时泛起一种奇异的心情。我忘记这里是距离日本遥远的异乡了。人们经常呆在故乡,而心中觉得自己是异乡人,可是,我来到北欧这片森林,却找到了安谧和沉静。

巡游了北欧诸国,再次回到哥本哈根的时候,已经是盛夏了。回国前的一个月,我决定在鹿囿附近度过。春色尚浅,树林夹杂着裸露的枝条,绿叶交错,葱茏茂密,在风中沙沙作响。树下的道路,大白天里也很黯淡。多么浓密的叶色!也许是空气干爽而澄澈的缘故吧。

母鹿带领幼鹿的鹿群,见到人影非常敏感,呦呦鸣叫着跑走了,不甘落伍的幼鹿,蹦蹦跳跳的姿态,真是可爱极了。树木,草地,一变而为团团翠绿,毫无改变的只有统治着这片广大天地的寂静。

海风翻动着桦树的叶子飘然而过,那爽净的响声使我难忘。如今,已是那么遥远。

远望菲特烈堡
フレデリク城を望む

远望菲特烈堡

哥本哈根西北方有一座希勒勒城。这里有一座克里斯蒂安四世[①]于十七世纪初建立的荷兰文艺复兴式的豪华城堡。漂浮于湖上的这座城堡，近处看也一样漂亮，要是站在稍远的高丘上，从茂密的菩提树中眺望池子对岸，我就感到像观看古代的壁毯一般。幽暗的树荫里，雨前的天空十分美丽。

在这座城堡里，夏季有室内音乐演奏会，从巴洛克音乐到浪漫派。由石

---

① 克里斯蒂安四世（Christian Ⅳ，1577—1648），一五八八至一六四八年在位。

砌的螺旋形楼梯可以登到会场的骑士之间。厅堂里有华丽的玻璃宫灯，墙壁上描绘着国王和王妃的肖像。坐在这里听音乐，比起那种大型演奏大厅，同乐曲特有的气氛很贴合。骤雨敲打着窗户。

我再一次访问了位于西兰岛北段附近的海滨城市赫尔辛格的克伦堡宫，和这里相望的对岸瑞典的赫尔辛堡，就在鼻眼之间。这座城堡据说就是《哈姆莱特》这出戏剧的舞台。十二世纪的时候，就已经在这里建城堡了，不过，现在这座城堡是十六世纪后半叶建设的文艺复兴时候的式样。

菲英岛的伊埃斯科城堡，也是一座别有特色的美丽的城堡。丹麦各地，还保留着一些这样的城堡。

哥本哈根的街道
コペンハーゲンの街

哥本哈根的街道

在丹麦的首都哥本哈根，汽车在闹市里行驶，这时司机说了声："请看！"我发现围了一团人，警察也赶来了。我想，这里，很少发生交通事故的呀。仔细一看，原来是一只母鸭，领着七八只雏鸭东倒西歪地走路。雏鸭们排成一列，在母亲后面紧追不舍。不用说，交通完全停止，大家都一齐看着这支可爱的行列。母鸭在市内的几座水池里生蛋、育雏，为了觅食，开始转移地点。所以才出现这样的情景。它们仿佛知道，自己是绝对安全的。这番情景看起来正象征着丹麦。这里，依然生息着一个童话的世界。

哥本哈根是个美丽、快乐的都市，在丹麦旅行，就连地方上的小镇或农村，不仅清洁，而且洋溢着温馨的人情味儿。我惊叹于丹麦人能创造出这样的环境来。人们一齐种植花木，可以说随处都是鲜花。走在路上，花香四溢，感到神清气爽。夏天，全国都包裹在鲜花丛中。有时候，连我这个过往的行旅之人，也得到一枝刚折下来的鲜玫瑰。

运河沿岸的街道

哥本哈根是座不大不小的城市。这般大小的城市规模惹人喜欢。不管走哪条路，都有人情味儿。哥本哈根的由来据说是"商人之港"。由于长期受市民爱好的影响，橱窗的布置、餐具等生活工艺品的设计十分精良。

即使商店及早关门，直到很晚，橱窗里依旧灯火辉煌。各种各样的商品，想尽办法精心排列，使之各展丽姿，看来比销售还花费心血。因此，边看边走，其乐无穷。

丹麦是个适于居住的国家。清洁，亲切，悠闲，静谧。不过，我赶上了最好的季节，只是作为一个游人走马观花而已。

你在没有交通标识的地方横穿马路，过往车辆一律停下，"走吧，走吧。"他们会点头打招呼。当然，这个国家不是没有小偷，但在车站或火车里，行李放在哪里都可以放心。北欧之国，似乎都有这样的习惯。

奥胡斯老城
オールフスの古い町

37

古镇

　　早晨，火车离开哥本哈根，在行云流水的田园风景中奔驰一个小时光景，然后乘上渡船，越过广阔的海峡。接着，又驶过菲英岛和日德兰半岛之间的大桥，过午抵达奥胡斯。

　　透过旅馆的窗户，眼前高高耸立着圣堂的墙壁，城市的屋顶上可以望见轮船的桅杆和旗子。庄严的钟声响了。这座城市在丹麦，以有名的古老教会堂和新式建筑的大学以及市政厅舍而闻名全国。我去参观了名为"卡姆莱·必欧"（古镇）的一角。镇子的一隅有丘陵，还引入了清澄的小河，中世纪风格的房屋组成了一座梦幻的城镇。这种移建旧居作为野外博物馆而保存下来的例子，在斯堪的纳维亚诸城市里多有所见。但是，如此使得诗意重现的古镇，只有奥胡斯做得最漂亮。木质结构裸露于墙外的低矮的房舍，褊狭的石板道，裁缝铺、蜡烛店、纺织作坊、面包店、钟表店、药房、戒指师、铁匠铺、帽店、烟厂、海关等，分别悬挂着有趣的招牌，屋子里原样摆放着古代的家具和用品之类。小河打镇子中央穿过，老柳树在岸上垂挂着枝条。桥畔水车旋转，市长家门口有小广场，泉水叮咚。

里伯的房舍

里伯位于丹麦日德兰半岛，是面临北海的小城市。一望无垠的平坦的田园地平线上，当我看见里伯圆拱形房舍时，留下了很深的印象。看起来，既遥远又小巧，但却给人一种敦实的重量感。

进入里伯城，巨大的圆形屋顶耸峙在我眼前，旁边紧靠着古老的砖瓦结构的达格玛饭店。走进饭店，登上放置着纺车的楼梯，发现房间的门不是长方形，而是不规则的形状，使我感到吃惊。因为这座房子倾斜而又弯曲，不如此房门就无法开关。

里伯是我梦想中的古城，很早以前，我就在心里描画着这座小小古城的姿影。这究竟是打哪儿来的呢？抑或是沉潜于意识的幽暗的底层，犹如忘却的池沼里泛起的水泡，显现了曲折而模糊的轮廓。而今，这座城就在我的面前。

古城边有座小型车站，从车站沿林荫道一直走下去，两边高耸着枝叶交错的榆树。渡过了一条流水清澈的小河。竖立着圣凯瑟琳像的有泉水的广场，被一座同名的寺院的尖塔所俯视。这寺院和旁边的多米尼加派僧院都是十三世纪的建筑，依然完好地保持着原样。

内庭
内庭

内庭

　　里伯高耸的圆形建筑，仿佛威压着广场。报时的钟声，伴着清亮的音律轰响。创建于远古十二世纪的这座寺院，其后虽然几经改建，但至今依然保持着庄重的古罗马样式。

　　沿着高塔内部狭窄的螺旋石阶向上攀登，经过一段高度，变成了危险的木质阶梯，在黑暗里摸索着上去。突然，时钟响了，发出洪大的声音。头顶上的房间里，一口大钟的齿轮正在可怕地旋转。来到塔上，里伯城房舍红色的瓦顶、河川、碧绿的平原，一览无余。可是，北海吹来的风，又冷，又猛。

　　圆拱建筑的广场上，有古老的收集文物的塔欧森斯费斯美术馆和倾斜的古建筑维斯费斯餐馆。餐馆晦暗的室内，近旁摆放黝黑的家具的墙壁上，四百年前的时钟还在走着。记载着古代年号的洗礼盘，放射着妖艳的光芒。就连伺候用餐的老侍女，也带有魔女的气氛。还有一家古风的餐馆，墙壁上装饰着往昔的汤婆子、带着红穗子的喇叭、铜版画，以及稀有的老式电话机等。这种建筑的内庭，白墙壁上突露着细木格子，别有风趣。

老墙

里伯的市政厅是一座建于一五〇〇年的红瓦建筑，屋顶上有一对鹳鸟筑的巢。民家的屋顶也时常可以看到鹳鸟的巢。这种长着长颈子长腿的童话里的鸟，爱在古老的屋顶和烟囱上筑巢，鸟头在巢里时隐时现，那副样子同这座古城颇为相合。但是近年来，里伯的人们都为鹳鸟来得少而深感惋惜。安徒生时代，丹麦的城镇里大概有好多鹳鸟吧。

里伯城全都是老街，从圆形建筑的广场到河岸上的人家，有许多古旧的房屋，外墙上还残留着 X 字形的金属器具，看上去极富装饰效果。我想，这不正是卡住屋梁的锔子露出到墙外来了吗？街灯是煤气灯，一到晚上，值班员拿着竹竿，一边走一边点火。

面对河流的空地上，搭起了五颜六色的帐篷，临时架着桥。这片点缀着五彩电珠的游乐园地，有射击场、旋转木马和棉花糖等寻常的东西。孩子们高高兴兴从桥上走过来。河水映着布满晚霞的天空，草地濡湿了。这是我们离开里伯之前的一个晚上。

细波
さざなみ

细波（芬兰）

　　从芬兰首都赫尔辛基乘快车向东北方行驶六小时，就到了接近苏联边境的蓬卡哈尔尤。旅馆的青年前来迎接。把行李递给他，放在自行车后头扎好，他一边慢悠悠地推着车子，一边用英语说道："芬兰进入夏季，好容易到第二天了。"芬兰的夏天——这个国家真会有我们所说的夏天吗？天空响晴，明亮的沙地上映着松林浓密的影子。然而，空气清冷，澄净，当然听不到蝉声。

　　旅馆的院子里收进了湖畔一片宽广的沙地，长满了松林。半岛和岛屿、环湖森林、远处的海岸，一眼望不到边，看不见一间房舍。水面被繁茂的芦苇遮蔽了，渡过木桥，登上松荫浓密的堤岸。斜坡上开满了铃兰花。旅馆庭园的草坪上，蒲公英早已绽开了蓬毛。可是，这里的背阴处，铃兰依旧在开放。

这座狭窄的丘陵的脊背，犹如一条细带子，曲曲折折穿过了七公里的湖面。周围有几处半岛和岛屿，有一处水湾，本以为是池子，其实是连接外湖的湖汊，谁知沿岸边走去，却没有出口。尽管是风景胜地，但这里真正保留着原始自然的气息。而且，小鸟的鸣声听起来十分欢快，似乎每天都为静谧的自然唱赞歌。

山湖遥望
山湖遥か

斯欧密

　　蓬卡哈尔尤附近的萨翁林纳是巡游芬兰湖泊的中心，从这里乘燃烧白桦树木柴的航船去库奥皮奥。航程十一小时。湖岸上是夹杂着白桦的枞树林。白云蔽空，广阔的湖面映着云影。当远方出现一条黑线，心想这片森林何时才能望见边缘呢？谁知这时候，航船已经悠悠驶入逼仄的运河，两岸紧紧擦着船舷，仿佛一伸手就能触到浓绿的树叶。虽是很长的行程，可是沿途几乎看不见一座村庄。即便难得一见的牧场般的草原和耕地也十分稀少。

　　库奥皮奥市政厅前的广场上，早晨是集市。左右是蔬菜、水果、鲜花，还有日用杂货和服装。正前方中间一直是专供出售面包的大排挡。中心留下一块空地，一位少女只身伫立，她在卖一捆白桦树枝。白桦似乎到处都是，因为用来烧桑拿浴，也有人前来购买。

驱车奔向城镇后面枞树繁茂的山峦，登瞭望台，景色秀丽。以这座长满枞树的小山为前景，远处是湖上有湖，岛上有岛，周围的枞树林绵延无际，连接着天穹。芬兰没有高耸入云的山峰，据说重重叠叠的湖泊、森林，可以直达云霄。也许这话可以说明这里的风景。六万个湖泊，覆盖一半国土的森林。芬兰人将这个国家称作"斯欧密"（湖泊之国）。

维拉特的运河
ブィラットの運河

41

维拉特的运河

  维拉特是个环境清净的小村庄。村头的山丘上有一座古老的教堂，这座教堂连屋瓦都是木制结构。逢到圣约翰节日，墓地上每一座墓前都供上美丽的鲜花，一旁的旗杆上高高飘扬着芬兰白地蓝十字的国旗。附近的人们都集合起来，守候在肃穆的教堂里。一排排白桦树的庭园里，一群身穿洁白服装的少女，队列整齐地静静地走进教堂。不久，听到唱赞美诗的声音，同时，钟楼上传来了钟声。那钟声时高时低，在清澄的空气里回荡。侧耳细听，远方的教堂似乎也有钟声遥相呼应。生长枞树的山岭连绵不断，湖水闪着银白的光亮。从这座山丘望去，着实澄净，美丽。

连接湖沼的运河两岸，种植着成排的枞树，构成了富有特色的风景。说起这一带的树木，几乎都是白桦和枞树，这也是使人感到简洁而又清净的一个原因。

第二天，由这座村子乘船去坦佩雷。这船全用幼小的白桦树装扮起来了。这些桦树在到达坦佩雷之前，都要卸到湖水里冲走的，但这天乘坐被桦树叶子遮蔽的航船游湖，是很合乎夏天之旅的。船在称为"诗人之路"的这条芬兰屈指可数的航道上，走过了最优美的水路。

两个月亮

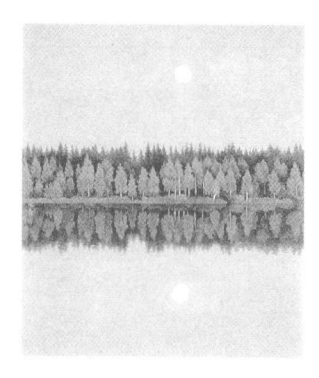

　　天上和水里有着两个月亮的风景，是芬兰随处可见的风景。然而，赫尔辛基的月夜给我留下的印象最深。这个欧洲大陆最北的首都被称为"北方白色的都城"，这是因为从船上看上去，那座高耸入云的尼古拉教堂等白色的建筑很多。以我看，这座城市还是森林和水的都市。你只要站在市内奥林匹克运动场高高的瞭望台上眺望，就会对我的看法心悦诚服。从飞机场刚刚进入市内时，虽然已经身处赫尔辛基城之中，但是只见森林不见房屋，可一转眼，就行驶在住宅区和闹市之间，不由使人大吃一惊。在这一点上，斯德哥尔摩和奥斯陆也是如此吧。

　　美丽的白夜。赫尔辛基的夏夜，永远黑不下来。这里是市郊的港湾，虽然已接近夜半，但依然似黄昏时那般明亮。澄澈的风景就在我的眼前。镜子似的水面，清晰地映照着黝黑的针叶林。接近外海的港湾一带，漂浮着白色的雾气。终日鸣啭的小鸟，这时也渐渐睡着了。这是一个静寂和清福遍布一切之上的夜。有两个月亮，发出清雅而又安详的光芒。

第二十一章 北欧之旅的尾声

北の旅の終りに

　　白夜的季节已经过去，深蓝色的夜空里，一列彩色电灯光耀夺目。彩灯照耀的花园。麇集的人群总是飘荡着一抹愁绪。明日就要离开哥本哈根了，今晚，妻和我来到趣伏里公园①，走进一家名叫蒂维安的古老餐馆。栎树下摆着一张张桌子，上面放着鲜花，玻璃球般的灯罩里，烛火摇曳。年轻的侍者拿来菜单，他们的白制服上缀着金纽扣和金丝肩章。

　　我若无其事地倾听着园内音乐堂传来的乐曲。

　　此次北欧旅行的目的，一开始就是为了观看这美丽、空寂和严酷的风景。幸好，我的希望实现了。此外，还看到了这里的人们美好的生活，也给了我意外的惊喜。我巡游了丹麦、瑞典、挪威和芬兰等国，我所看到的风景、城镇和民众的姿影次第在我眼前浮现。海风，榉树林，麦田，尖塔林立、色调灰暗的都市，古老的乐园，陈旧的房舍，石板路，摆着鲜花的窗户，鹳鸟的巢，湖泊，白桦和枞树林，积雪覆盖的山峦，午夜的太阳，断崖上流泻的瀑布，小巧而洁净的城镇，市政厅广场，朝市，巡湖的轮船，村庄，长满牧草的丘陵，随处遇见的素朴而善良的人们，白夜……所有这些并非罕见，从很早以前就

---

① 趣伏里公园（Tivoli），是丹麦哥本哈根著名的游乐园，开放于一八四三年八月十五日。

仓库
倉庫 43

奥登斯的旧货店
オーデンセの古道具屋 44

在斯德哥尔摩
ストックホルムにて 44

久驻于我的心中，仿佛在寻觅失去的故乡，长时期将这些影像怀抱于胸间。

莫非正如有人所说，我是个Heimatlose(失去故乡的人)吗？少年时代生活过的神户不是我的出生地。我对于出生地横滨，几乎不留存什么记忆。我很久以前就喜欢描画老式的西洋建筑，抑或和我记得的幼小生活过的海港城市有关吧。我喜欢那浸透着几代人生活馨香的民家的老墙，也许因为这个，我为京都、仓敷、高山等街道边的房屋所吸引。还有，旅途中偶然打民家前面通过，刹那之间就立即感到，那昏暗的屋子里黝黑的柱子上挂着古钟，一个老太婆在下边缝补衣裳。我幻想着，那位老太婆就是我的母亲，这种土木建造的房屋就是我故乡的老家。

我家是商家，本不该有如此黯淡的感觉。母亲也是个很严谨的人。

父亲背靠着壁龛的柱子，睡眼蒙眬地在看晚报，抑或在打盹。母亲微微皱着眉头，一边做针线，一边不时半是慈爱、半是失望地看着我们。火钵上的水壶开了，盖子被顶起来，发出低微的咝咝的声响。弟弟和我正热衷于演奏吉他和曼陀林……这是我从东京回到神户家里、呆在故居客厅里时候的事。我为什么会想起这样的情景呢？这是因为我在这个异国之都，在这所游乐园里，想起该国的那位作家，他在美丽的童话中反反复复写道：人的一切幸福都来自朴素的爱。而今，我不是看到他依然活着吗？

中学时代上作文课,老师出了《希望》这个题目。我写的作文内容是:住在一个小城镇,营造一座小巧玲珑的书斋,檐下流着清澈的河水,娶个漂亮的夫人,过着宁静的生活。结果挨了作文老师一顿批评。神户商业街,我家附近住着虽然平凡但很善良而亲切的人们。一家邻居是修造渔船的木匠,我上美校四年级的时候,他老婆从报纸上读到我初入"帝展"的消息,急忙跑到我家,抓住母亲叫道:"你家儿子真了不起,真了不起呀!"她边说边哭。

静晓
静晓　　　　　　　45

湖静
湖静　　　　　　　46

我本来很喜欢这些人,他们才是具有真正意义的人们。然而,我为何这么长时间将他们遗忘了呢?我看到北欧的风景很美丽,这次旅行接触了这些素朴的人们给我的友爱,我的心变得更加谦虚,为此,从而产生了一种愈益清纯的情感,不是吗?这次旅行使我看到了行前我所希望看到的纯粹的自然,充

夏道
夏の道　47

水边之春
水辺の春　48

分体验了北方自然的严峻和生命感觉，这是何等的可喜！我没有预料到，这次旅行竟然使得我的心境受到一次洗礼。

　　回国后，我为秋天的"日展"画了一幅取材于瑞典诺尔丁格尔的《映象》。画面中央用一条直线从中央将画面一分为二，用几乎相同的强劲的色调，画出光秃的树林的实景和倒影，只是使倒影稍显灰暗罢了。色彩全用黑白，黯淡的部分黑里略施紫茶色，明亮的部分施以微带红色的浅灰。许多人看了这幅作品，都认为在对自然的把握和深化表现这一点上，和我过去的作品大不一样。

　　旅行回来，马上就能进行大幅制作，是因为旅行中带回了大量具有创作冲动的题材。时间不到一百天，我就画了五十多张素描，这些几乎都能作为绘画的题材。由此可知，我在旅行中，是怀着怎样的激情画下这些素描的啊！

雪原谱
雪原譜

49

较之过去的写生，简直是不可想象的。

一九六三年五月，我在高岛屋举办《北欧风景画展》，展出我从素描里选择绘制的五十二幅绘画。这是二五号到六十号幅度的大型绘画，在有限的日子里能够完成这些作品，我自己冷静地考虑一下，完全是不可能的。但却超过估计使之变成可能，这到底是为什么呢？这大概因为，我和北欧风景的邂逅，正如川端康成先生所说，一生只有一次的缘故吧。在这同时，美术出版社出版了我的画集《森林和湖泊之国》，新潮社出版了游记《白夜之旅》。

展览会的反响超过预想，也许好多人由杂沓、喧嚣的都会生活中，走进清澄、宁静的北欧风景，一颗心被吸引了吧。抑或我所获得的人格上的感动，在观众心里唤回对于已经失去的家园的憧憬吧。有人把我看作完成第一期此种教育的人，这是因为，作为题材的自然风景本身是经受北方严酷考验的自然，而我在谛视这种自然的内心深处，产生了以前从未有过的强劲气势吧。

这年，我在"日展"展出了取材于挪威风景的《雪原谱》。这是根据我在

森林的静寂
森の静寂 51

峡谷之瀑
峡谷の滝 50

哈当厄尔高原默达尔车站等待换车，抓住一刹那的感觉，画的一幅素描制作而成。为了绘制大幅画面，有的地方和山形县的藏王十分相似，我画了一簇簇针叶林的风景作参考。在芝英会上，我展出了根据峡湾瀑布印象制作的作品《峡谷之瀑》。

一九六四年，现代绘画展上陈列的《森林的静寂》，是深蓝的色调，表现了幽暗的森林中湖沼的神秘感。

当年"日展"上参展的《冬华》，狭长的画面中央，是一棵挂满雾冰的树木。枝条呈半圆形，宛若一枝白珊瑚。开始构图时，上部留有广阔的空间，雾气里的太阳，光线溟蒙，和半圆形的树枝两相映照，于空中描画出半圆的光晕。

其色调因为只有白和灰两种，我担心这画面在会场里可能显得薄弱，所以我又考虑改成夜间的月亮和雾冰，如果是黑白对照，画面就显得明晰、强劲，这幅绘画就更有意思。然而，我要描画的是冬日清澄的静寂感，而黑白对比过强，就会显得太明丽。我一时迷惘起来。但是，我觉得，作品的优势，决不在于色调、构图和描绘的方法，而在于画面中所蕴含的作者的强劲的精神。于是，按照我要表现的内容，将这种精神贯彻到这幅白与灰的画面中去。银白的树枝相互交错，酿造出一种梦幻的氛围，这正是我想要画的东西。为此，那种淡淡的光晕支配下的东西，就显得很有必要。

　　展览会，观众和出展者往往容易将此看作一个竞技场，这恐怕也就是展览会的性质吧。不过，战后，我只是希望保有一块属于自己的孤独的墙壁，而不断拿出作品来的。如果首先想到斗争，我所具有的世界就会崩溃。展览会也是有生命的，其倾向也会不断变化，这是当然的道理。但是，每年都要议论一番这年的倾向是什么而毫不觉得奇怪，这就有点近似服装展览会了。的确，世界的流转令人眼花缭乱，但是，画家不应为一般的倾向或自己以外别的画家的倾向所烦恼，画家的工作价值不正在于此吗？改变画家倾向的，只能出自画家内心世界的要求必然产生的因素。置身于竞争的作品群里，在同自己斗争的形势中，保住自己的世界。这样的态度，可以说是很不容易的。

这年年底，花了两年制作的Lithography画集《在古镇》终于完工，由明治书房限定出版一百部。Lithography是十八世纪德国发明的石版画，这种技术传入日本是在明治时代。其后，随着印刷术机械化，不再为人们所重视。论起木版画，专门的木版画家要由自己亲自雕版，经过印刷作业，制作成版画。一般地说，将画家的作品复制成木版时，要由专门制版的人员用线条和颜色分别雕刻、印刷，然后加以综合而成。石版画有两种过程与此相似。我的作品是由我自己描绘原画和制版，印刷这道工序请这行的专家女屋勘左卫门先生担当。因此，可以说，我只完成了设计本身和版画制作的一半工作。这本书的用纸是法国的阿尔锡①画纸，收入匾额用石版画七张，插图用石版画五十张，装订精良。之所以用《在古镇》作为书名，是因为我在北欧之旅中令我感动的、浸透民众生活气息的古镇的姿影，成为我作文、画画经常使用的题材。这书限定为一百部，是因为害怕石版画超过一百部以上，制作就会变得粗糙起来。

① Arches，法国生产的水彩画纸。

川端康成先生满怀热情为这本书写了题为《美丽的地图》的序文。这篇文章超出了一般的序文，不仅对这本书，对我整个北欧之旅寄予深深的温情，对我有许多溢美之词。先生为我这只有一百册的限定本，注入的深情厚谊，使我打心底里充满喜悦和感谢。这篇序文也收入先生的《落花流水》一书之中，为众多的人们所阅读，我为此深感荣幸。

　　十一月内定为日本艺术院会员，翌年一九六五年一月，正是颁发任命书。当时正值宣布在松屋举行石版画图集展览会的时候。

　　我感到，我的北欧之旅收获，因这本石版画图集的完成全部结束了。事实上，一九六三年举办北欧风景画展的时候，我就意识到旅行该结束了。其后之所以拖延下来，是因为用两年时间制作这本书，北欧之旅的印象在心里留了个尾巴。冬天的藏王和夏天的北海道两次旅行，也是因为受到北欧的巨大影响，我心中的磁针依然执拗地指向北方的缘故吧。不，这支磁针还是渐渐改变了方向。北欧之旅结束时，有人问我："下回到哪儿去？"也有人具体问我，下次的海外旅行打算到什么地方去。其中，有的人的意思是问，艺术上向何处走。我很清楚，那次旅行后的五六年间，不会再到海外去。其间，有我无论如何非在国内不能完成的重大的工作。我的磁针的方向已经定好了，它明显地指着"东方"。

白夜光
白夜光 53

可是，这年秋参加"日展"的《白夜光》中广袤茂密的针叶林，其构图是用平行线截取两个湖泊，接近黑色的深青的森林和银灰的天空和水色，完全是不折不扣的北欧风景。不用说，画的是芬兰的印象，在构图上与北欧展时题为《湖泊之国》的风景画十分相似。那时我已经远离北欧的一切了，这年上半年在未更会和青羊会上展出的题材完全是日本的风景了。但是，我仍想把这幅作品画成大幅画，这是因为，打算通过这幅绘画，在我的心情上清晰地画上一个句号，以此作为结束一次真正旅行的纪念。完成这幅画，自己才能真正安下心来。北欧展时，青色最为鲜明，这回加了些素朴的颜色，感觉上像水墨画。在这一点上，这幅画抑或就是北方之旅的终结，同时又意味着下一回旅行的开始。

196

冬华 草稿小幅 A
冬華　小下図　A　54

冬华 草稿小幅 B
冬華　小下図　B　54

冬华 草稿大幅
冬華　大下図　54

古都慕情

　　食堂的顾客大都是外国人，透过大玻璃窗，可以眺望东山和京都的街市。东山很近，晴天，山顶葱茏茂密的树丛里，印着碧青的云影。这是大和绘的风景。雨日，薄墨淋漓，水汽溟蒙，轻雾将山间的襞褶反衬得愈加明显，形成了一幅水墨画的世界。

　　山脚下是南禅寺的山门和屋顶。不远处，永观堂的多宝塔显得十分小巧。那樱花盛开的山冈就是黑谷吧。当视线转向那座塔的时候，昔日的阴影蓦然笼罩我的心头。

　　我乘车来到刻有"黑谷"字样的大石碑的门前，一进门就看到石阶上耸立着黑魆魆的门楼。绕过本坊，沿着樱花小径剥蚀的路面步出北门，很快发现附近人家的门牌。根据我的记忆，这并非从前的那个名字。对面门口站着一位老太婆。经打听，她告诉我，从前的主人已经死去，儿子也不知搬到哪儿去了。

　　我穿过真如堂向山下走去，四十年过后，房主人变了，可这一带的模样没有变啊。我要访问的人家是我一位密友从三高到京大这段时间寓居过的。我进入美校以后，每逢回神户探亲，总要到这里来玩。他住在楼上一间收拾得很整洁的屋子里，见我来，就把绘图器具和德语动物学书拿给我看。他是个网球选手，将来的志愿想当一名技师，他想这样的书多少会使我感到兴趣。况且，那天我独自一人到养源院和智积院观赏隔扇画，满心的兴奋尚未冷却。这位朋友没有接触过艺术，我很喜欢他。走出四条街，穿过京都杂沓的人流，他邀我到御所的御苑去。没有月亮，广阔的天空嵌满了星星，轻柔的雾霭包裹着宁静的天地。我们的双脚踩着沙地，发出阵阵响声。

"京都有好多地方，适于用这种轻松愉快的心情散步。"他说。接着他以低沉的嗓音吟唱起三高时代的校园歌曲来。那是一首青春的挽歌。

一个立志要做技师的运动员，居然也有诗人的襟怀，这是京都温润的空气赋予他的。

打少年时候起，我就从京都感觉出这种温润来。从往昔的平安时代发展起来的日本画，也可以说是受惠于这块温润的土地。我对于这块土地的慕情，从童年时期就是一见如故，别无牵挂的。如今，这种回忆又在我胸中复苏，将永远鲜明地印在心头。从北欧旅行回来，我打算一辈子专心致志细细体味京都的情韵。这是因为，京都所保有的日本一切美好的事物，使我感到，我在漫游之中终于来到了一个给我以强烈感触的地方。我心中经年累月积蓄起来的东西，这时才使少年时代的憧憬得以实现。为此，年龄是必要的，因为这时候才有机会驱使我到这个地方来。我再次禀命绘制大幅壁画。这是营建中的新宫殿里的壁画。从这幅壁画放置的场所来说，必须充分发扬日本的特征。

在本书中，我经常提及对日本的东西的回顾。我一有机会就到京都旅行，亲身体验那里四季变化的情景。我从这座城市所具有的文化和自然中，寻到了日本故乡的姿影。这三四年是我对京都最热心的时期。我的足迹遍及京都所有的大街小巷，从京都市区到京都府全境。我去过京都的御所、离宫、神社和每座寺院，我看过街市、民家，了解居民的生活爱好、祭祀情况，我还游历过京都四面的群峰，到过乡间，还到过同滋贺、奈良、大阪、兵库等府县毗邻的边境。北面，我还到过丹后半岛的北岸。可以说，我去的地方相当广阔，体味得也细，但还不能说深刻，这是没有底的。总之，我所挚爱的京都在于那里的自然环境，它和平安时代的残香、室町桃山的文化遗产、庶民生活中保有的一切美好的东西都是密不可分的。我对京都的感情并未超出那些对京都持有深切的爱的人们。我以为这恰到好处。因为对于京都来说，我只是个旅行者，我既不生在京都，也不住在京都，又不是它的研究者。因为是个旅人，我不正可以自由自在地感觉和体味吗？京都是什么？京都所特有的平安时代的遗迹不是荡然无存了吗？尽管如此，我作为一个画家，还是能够从京都感觉到平安时代的气息。从京都群山上飘曳的烟岚，从那温润的空气，从京都四周自然界的季节变化，从描绘平安朝美的世界的不朽故事，从那个时代鼎盛期所产生的才女的随笔，现在依然可以想见那宛如美丽的绘卷一般的情景来。

京都的人们切身体会到京都的现代化发展，同京都保留的文化遗产和风习之间的矛盾与冲突。在京都人眼里，我虽然是个毫无责任的旅人和旁观者，但我还是希望京都尽量保持京都所具有的特点。所谓京都的特点，也就是日本所特有的洗练的长处，以及作为日本故乡的风韵。京都南面有空地，在这里兴建了大规模的住宅区，城市的一切方面都具备现代化的机能。人们希望如今的京都再不要受到破坏了。从当地居民的实际生活考虑，这难道是无理的要求吗？

战后不久，我对一位京都人说：

"京都没有遭受战争的灾难，真是太好啦。"

"不，正因为如此，京都古旧的东西太多啦，真糟糕。"

听到这个人的话，我吃了一惊。但处在那种年龄以下的京都人，似乎都有这种想法。因为住在那里，就意味着要生活在时代的变迁之中。

但是，我是个游人，是个日本人，京都是我心灵的故乡，我想从这里汲取无尽的泉水，治愈我的饥渴。而且，我确信京都在日本文化乃至世界文化中具有崇高的价值。拥有对人类有着重大价值的财宝的人们，他们对人类也就负有爱护财宝的义务，不是吗？

京都那些具有传统技艺的工匠，对我来说，有着巨大的魅力。这样的例子不胜枚举。一块点心，一只小桶，都体现着浓郁的韵味。现在，日常所有工作都靠机器大量生产，现代人生活在既成的产品之中，和那些工匠精心制作的带有他们体温的手工产品相距遥远，结果出现了一个干枯无味、丧失人格的不幸的时代。

我在醉心于京都的同时，曾多次到北海道旅行，看到了北海道未经人工修饰的荒漠的自然景物。而京都的自然几乎都可以看出人工美来。两相对照，体会十分深刻。我看过京都圆山的夜樱，一个月后，又看到札幌圆山的樱花。我看过修学院离宫的水池，不久又有机会俯瞰了摩周湖。这些地方的印象并未在我心里引起混乱，而是两者竞相媲美。

我每次去京都，都要写生，记笔记。这些笔记已经足够出版一本书。然而，我的以京都为主题的绘画，却几乎没有一幅。一九六三年五月，举办北欧风景展，从那以后，我对京都的态度越发积极、感情愈加炽热了。但由于北欧旅行的收获巨大，其后的一段时间专心绘制了北欧的风景画。

六十年代，我在"未更会"时候绘制的《月出》和在"青羊会"时候绘制的《林泉》，已经完全采用了日本式的表现方法。《月出》取材于长野县志贺高原，生长着白桦树的山坡，顺着对角线占据了半个画面。后面长满枞树的山坡棱线呈弧形，同前者交叉于画面的中央。布满枞树的山顶升起一轮又大又圆的月亮。这是一幅春宵的风景。枞树山头的碧青色，和白桦山头的幼芽的嫩绿色，形成了对照，整幅作品洋溢着日本风味。这幅画即使画的不是京都的景色，也代表着同京都息息相通的我心境里的自然界。

　　人们看了《林泉》这幅画时总爱问："这是京都苔寺的林泉吗？"其实，这作品取材于九州竹田用作公园的水池。早春时节，我到阿苏的波野写生，归途路过竹田的时候，画下这幅素描。这里枫树很多，虽说是公园，但使人感到自然景物之中包含着古代庭园的风姿。透过前排枫树的间隙，描绘了对面树影倒映的池塘。倒影投映在昏黑黯淡的地面上，而前方的树干却具有强烈的实感。这就是所谓虚实对照。整个画面包裹在温润的空气里。九州竹田的林泉，看上去像京都西芳寺的水池，这抑或是我对心目中的古都的恋慕之情所致吧。

永遠の海

第二十三章 永恒的海

　　登上斜坡，立即吹来剧烈的风，我来到了断崖之上。透过松林，俯视着水沫飞溅的海洋和黝黑的岩礁。蓝色的波涛，汹涌奔腾，叩击着岩石，抛洒着银白的浪花，轰然作响。岩石有的挺拔直立，有的在波谷中时隐时现，在海浪的冲刷下，个个呈现出坚强的姿态。

　　这里是山口县青海岛。岛的南侧，和缓的绿色的山峦包围着仙崎湾，多么宁静的海景。而北面却是岩石峭立的断崖，日本海波高浪险，形成了喧嚣雄奇的景观。

潮音
潮音

我从去年就开始到海滨旅行，寻觅波涛和岩石的绘画素材。我想从相互搏击的海浪和岩石那里，发现海国日本的象征。有一次，我听到台风将要通过铫子海面的消息，立即驱车赶到犬吠埼。我在灯塔旁下了车，大风挟着飞沙，使我睁不开眼睛。我冒着被刮走的危险，来到断崖的边缘。

遥远的海面上白沫飞溅，浪涛汹涌。灰黑的云朵低俯着水平线在流动。海浪咆哮着袭来，接着又退去，粉碎了，扬起了水花。在这一片混沌的海洋上，不时有阳光下射。我从崖上下来一点，捡个风势较弱的地方站住，凝神眺望。只见洋面上的狂涛巨澜，按照一定的节奏反复着。这种大自然的脉搏，自太古以来从未停止。

房州南端的野岛岬，露出清晰的岩石肌理的纪州白浜和千叠敷的海蚀海岸的三级断崖，共同呈现出雄伟的气象。潮岬是纪伊半岛南部的尖端，也是本州的最南端，群岩耸峙，青苍浩莽，威严地承受着太平洋的烟波。

然而，最豪壮的景观是北海道日高海岸南端的襟裳岬。日高山脉入海处，其余脉形成一列大岩礁在水中绵延六七公里，海水袭来，荡起银白的浪花。丘陵上有一片狭窄的草原，随处生长着矮矮的柏树，低伏在地面上。这北国边陲的景观，和北端的鄂霍次克海滨的能取岬，给人留下相同的印象。密布着原始森林的半岛的尖端，矗立着一座涂着黑白花纹的灯塔，背衬着灰色的大海，孑然独立。我面对着这片荒寂的风景，寒冷的雾气包裹着我。

我寻求的不是这种沉郁的海景。在一个阳光灿烂的初夏季节，我沿着海岸从宫津到了丹后半岛。我经过宁静而碧绿的水湾里排列着船坞的伊根渔村，顺着半岛北侧的断崖，眺望耸立着屏风般巉岩的间人海滨。

进入兵库县，从浜坂沿鸟敢县的浦富海岸，登上沙丘。浦富和网代间的清碧的海水，以集块岩和花岗岩为主的多岩礁的海蚀风景，都曾经使我激动不已。由于这里尚未变成游览地，原来的自然景观得以完好的保存，在这里可以充分欣赏日本海的美。我到松江走了一下，看了看岛根半岛的北岸，从石见的益田，经小浜，再度到达荻市西北的青海岛。

一九六六年的"日展"上，展现了取材于山阴海面的《潮音》，这回又来到晚秋时节的能登半岛，由金泽沿内海到和仓，再向北到达九十九湾和鹈饲，直抵北端的狼烟海岸，再绕过禄刚崎，沿外海经木之浦、曾曾木转上一圈儿，顺着被称做能登金刚的岩礁海滨一直南下。内海风平浪静；而外海却是一派汹涌澎湃的样子。冷风挟着雨点袭来，银白的水花，绿色的海面，灰暗的天空，黝黑的礁石，黄褐色的枯草……这些就是我向往已久的北陆海洋的特有景象。

就这样，我到各地的海岸旅行，看见了许多荒寒的海景，同波涛和岩石打了一番交道。我进行了多方面的写生，同时从另一个方面加深了对波涛和岩石的感情。

　日本美术中，自古以来有不少描绘水波的作品。从西本愿寺《三十六人家集》的稿纸以及平家纳经上的水波，富有优雅的装饰美。不过，这些作品反映的自然界的水波的节奏，经过人们精细的加工，更趋于完美。装饰性和自然感相辅相成，惟妙惟肖，保持了日本独特的美。这种境界是和后一时期相传为宗达所作的《松岛图》中的豪华的水波一脉相通。

　与此相应，镰仓时期的《华严缘起绘卷》中，用奔放的线条描画的狂澜，室町时代雪杖的水墨画《风涛图》，北斋的版画《富岳三十六景》中的巨浪，所有这些作品都带着各自时代的特色，通过画家富于个性的创造，呈现出千变万化的姿态。

　在具有纹路的水波中，自古就有青海波，至今依然普遍使用。但是，比起这种同心圆相叠而成的几何图形，一种被称为直立波的由纵状曲线组合的飞沫式波纹，更显得漂亮些。查一查古代波纹的画法，常常会给人以意想不到的新鲜感。

　我曾经巡视过京都寺院的隔扇画，但没有见到仅以水波和岩石为主题的作品。相反，那禅寺庭园布置的石群，却使人联想起大海中的岛屿、波浪和岩礁。龙安寺的石庭自不必说，即使龙源院被称为东滴壶的壶庭和妙心寺东海庵的南庭等小巧的庭园，也能使人联想到出人意表的海景。坐在黄梅院方丈的廊缘上，眺望着不置一石的白沙铺成的地面，扫帚扫成的水纹和缓而婉转地流动着，呈现出以波涛和岩石为中心的巨大的画面。

我对京都的一副热情和对自然界海滨风景的追求，终于融合在一起了。这具体来自我所面临的大幅壁画的绘制任务。即便不是这样，我也迎来了一个必须开创新路的时代。

我的风景画多以宁静的山野自然景色为对象，动态的风物和海景非常少。这次我到海滨写生，发现了许多对我说来十分新鲜的题材。我面对京都的古老庭园所得到的感受，总是启发我决心回归这里，然后再从这里出发。作为我的支柱的依然是日本的自然与传统。

从放眼自然风景开始，我在冬日的山上迈出了我的战后人生道路的第一步，几经起伏，终于来到了这个海滨。我窥探着自己的内心，追逐着心灵的明与暗，才跋涉到达了这里。也许有人以为我的战后的道路是平坦的。当然，同战前艰险迂曲的经历相比，的确是一条坦荡顺畅的路。

在旅人的心目中，由于漫游和乡愁两个相反的因素互相制约，这就规定了他所要走的路。可以说一方面是主观的心理作用；一方面是反意志的因素。有的旅人围绕着遍历、乡愁、还乡，反复地作着圆周运动。那些一心眷顾自身的旅人，多是循着这样的轨迹。他们既不想摆脱自己的轨道远走高飞，也不愿幽闭在故乡离愁的世界之中而无法自拔。他们只是不停地运动。

我也是这样一个旅人。先是漫游，转了一圈儿随后又回来。不过，这种圆周运动并非受个人意识的支配，而是出乎自然。我只能这样认为，我是被逼迫这样做的。我时时通过反省来控制自己，然而我的行动的直接动机，往往是外界因素强加于我的。

我从少年时代起就留心观察自然，我悟出这样的道理：世界上的一切都是顺着生长和衰亡的圈子永远循环往复。这种规律正因为是运动着的，不是静止的，所以应当确信有一种基本的力量存在着，尽管这种力量的归结及意义尚不得而知。我的整个青年时代都坚守着这样的信念：对待一切现象，都要看作是某种力量作用的结果。我虽曾陷入了那种失意和悲惨的深渊，但没有灰心气馁，其中一个原因就是我有着上述这样的观点。

经受过那场战争带来的苦恼和悲哀，到了不得不抛弃自己一切的时候，就越发强烈感觉到某种力量的存在。事情不是这样吗？后来，我在心中回味着当时的情景，多多少少杜绝了精神上的安逸和松弛。然而我回顾着战后至今所走过的道路，又不能不感到惭愧。我一步一个脚印坚持不懈走过来了，但我的艺术却不能认为是深刻的了。大凡艺术作品，只有摆脱创造它的作者的偏爱以及世间欢迎它的一切好意之后，才能获得这样的命运：它将被评判是否具有真正的价值。我有没有经得起这种严峻考验的作品呢？我只能说那要等待将来了。如果不这样想，那也就不能前进了。

如今，我聆听着波涛的声音，这是永恒的音响。左右着水波搏击的是什么？我仍然认为，这不过是受某种力量支配的缘故。这种力量应该是什么，我也不知道——

あとがき

跋

  新潮社出版部找我商量，要我把自己探求美的随感文章编成一个集子。当时，我并不打算采用一个画家内心独白的形式。但我想，他们给我这个任务，或许希望我通过一个画家的艺术实践，谈谈自己对这个问题的感受。因此，我也只得讲述一下我的心灵的漫游情况。

  从前，我曾经出版过个人的自传，是讲战争结束之前的一段经历的。那是自从决心当一名画家之后暗暗摸索的时代，那部自传也是沉陷于逆境中的记录。现在，我这个画家终于获得了社会的承认，我决心通过一幅一幅的作品，追寻一下我探求美的精神历程。

  从战争的废墟里站起来的二十年，是日本的文化、日本的美的动荡时期。在这个时期，我一直继续从事绘画事业而生活过来了。这恐怕不只是与我个人有关的小问题，我的工作尽管微不足道，但我以为我和那些探求日本的美的人们，在心灵上是相通的。在这支乐队里，我也鸣奏着细微的声响。

  平日，我不是旅行就是在画室里作画。我本来就不是深深包裹在日本式的馨香环境中长大成人的。我是由外部世界迈向日本画、迈向日本的美的人。因此，我保有这样的要素：我同那些关心着美的人们在心灵上是相通的。

  我接受这项探求美的课题以后，之所以敢于以自己内心独白的方式贯穿始终，正是因为我意识到了这一点。我对日本人的民族性格，对日本的美的特质以及特殊性，既有肯定的一面；也有批判的一面。但是，我和一般类型的日本人一样，从根本上是抱着诚挚的爱的。当我洞察自己的心灵的深处的时候，不用说也等于是在窥探一般日本人的内心。

对于美，许多人都用高远、深刻、锐敏的语言论述过了，也许很少有人愿意听我的平凡而悒郁的独白吧。我在同无言的风景的对话中，切切实实看到了自己的存在，我孜孜不倦一步一步走过来了。我的生活方式抑或同错综复杂、一切都高速发展的时代不相适应吧，但我依然坚持这样的观点：美是素朴的生命的感动。我不想抛弃这种单纯的信念。

使我特别高兴的是，川端康成先生为这本小书写了充满挚情的文字。出版之际，又蒙沼田六平夫、樱井信夫两位的多方协助，深表谢意。

一九六七年四月　著者

译后记

《和风景的对话》是日本当代著名风景画家东山魁夷谈自然、谈艺术、谈人生的书。上个世纪八十年代初，我翻译了他的《一片树叶》和《听泉》，分别发表于天津的《散文》和南京的《译林》两家杂志上。其后不久，百花文艺出版社谢大光先生到南京找到我，问我能不能译一本东山的散文集子，我欣然同意。当时，大光正在筹集出版外国散文丛书。我当即托人在日本买了这本书。在翻译过程中，我和作者信来信往，就有关的问题随时磋商，请教。东山先生总是有求必应，令我十分感动。

一九八五年，我到早稻田大学研究岛崎藤村，临时住在千叶县船桥，曾捧着地图去拜访位于市川市的东山住宅，受到老夫妇俩热情接待。东山先生还答应亲自为译文集题写书名，并把新潮社出版的十二册画论散文题赠予我。一九八九年秋，《东山魁夷散文选》出版，我正逢腰病复发做第二次大手术，在生死边缘上挣扎，苦斗。样书寄来后，我勉强下床，一路踉跄，冒雨到邮局取回，逐页翻阅。新书的墨香使我沉闷的心情一扫而光，作者对生命意义的解读与追求，增强了我战胜病痛的信心和勇气。其后，不论在国内和日本，我同东山夫妇的交往从未间断，直到先生一九九九年逝世。

我来日本大学执教以后，曾经到长野市城山公园的东山魁夷纪念馆参观。

东山魁夷生前的绝笔画是《夕星》，湖山相连之处并排生长着四棵树，影子静静映在湖面上，天边一颗长庚星，光芒闪烁。两厢是山丘，丛林，以及树影迷离的湖水。我望着这幅画怅然良久，一个低缓的声音在耳畔幽幽响起：

这不是哪个地方的风景。这里是谁也未曾到过的场所，实际上，我也没有到过。就是说，这是我梦中所见的风景。我过去到好多国家作过写生，可是不知为什么，我却忘不掉一天夜里梦中的这个风景。我出外旅行，身心已经疲惫，抑或这里就是我最后休憩的场所吧？我一直寻觅这个场所，我是深深怀着这个愿望而孜孜以求的啊！

百花版《东山魁夷散文选》里的文章，分别选自三个集子，即《和风景的对话》《听泉》和《探求日本的美》。其中，《和风景的对话》二十三章中选了十八章。这次，应人民文学出版社之约，将其余各章翻译出来，合成完整的一册。鉴于作为底本的两本原著前后出版年月相距已久，部分篇章文字不尽一致，有的差别甚大。新译本一律以一九九六年版的"新潮选书"《和风景的对话》为依据，重新加以调整补苴，使之面目一新。

长期以来，东山散文和东山绘画一样，获得人们一致好评。百花文艺出版社的散文选本和人民日报出版社的散文精选本，一版再版，为千百万中国读者所喜爱。《听泉》和《一片树叶》等名篇，被选入各类学校的语文教材，脍炙人口，历久不衰，给了一代又一代青少年深刻的启迪。有的人甚至是在作者人生价值观的影响之下选择职业、决定未来前程的。

时隔二十余年，斯人已去，艺术宛在。当这本浅黄色封皮的原著又一次摊在我的面前时，心头立时升起一种沧桑之感，脑子里蓦然浮现出那座草木扶疏、阳光朗照的小院子，一位谦和而慈祥的长者，正穿过朝露瀼瀼的林间小道朝我走来。

我的眼睛一下子模糊了……

陈德文

二〇一〇年仲夏于日本海若狭和田海岸